红色基因传承系列丛书

房伟 颜建真 主编

红色诵读100篇

济南出版社

目录

001　爱　国　蔡元培

003　青　春　李大钊

005　新的！旧的！　李大钊

007　认识我们的价值　蔡元培

008　新纪元　李大钊

010　随感录（四十一）　鲁　迅

011　现代青年活动的方向　李大钊

013　长江歌　王尽美

014　学生求学，要立志救国　孙中山

016　归国杂诗　陈　毅

018　争国权以救危亡　聂荣臻

019　为这唯一光明、唯一希望　向警予

020　爱国心　邵力子

021　赤潮曲　瞿秋白

022　艰难的国运与雄健的国民　李大钊

024	儿又何尝不惦念双亲	邓恩铭
025	西山的葬礼	陈　毅
026	我们的中国	郑振铎
027	战！	柔　石
029	文艺与爱国——纪念三月十八	闻一多
031	革命不成功，立誓不回家	王尔琢
032	离　别	郑振铎
034	祈　祷	闻一多
036	我告诉你，母亲！	石评梅
038	答敌人审问	刘绍南
039	我的死是为着社会、国家和人类	史砚芬
040	革命精神歌	赵博生
041	没有调查，没有发言权	毛泽东
043	就义诗	张锦辉
044	一种云	瞿秋白
046	诗一首	田位东
047	竭尽所能为抗日战争效死	王若飞
049	船上的民族意识	邹韬奋
051	我们临死以前的话	方志敏

053　我所爱之国　沈钧儒

054　可爱的中国　方志敏

056　清　贫　方志敏

058　遗　信　方志敏

059　露营之歌　李兆麟、陈雷等

061　西征胜利歌　杨靖宇

063　想北平　老　舍

065　故乡，我不能让你沦亡　关　露

067　一切以救国为前提　周恩来

069　对于中国学生运动之认识与希望　陶行知

070　只有抗战这一条路　巴　金

072　我今日即在上前线的途中　左　权

073　为了民族国家的利益　左　权

075　东北抗日联军第一路军军歌　杨靖宇

076　做一个战士　巴　金

078　我歌唱延安　何其芳

081　远征颂　赵敬夫

082　歌　声　老　舍

084　决不掩没民族意识　王雨亭

085　爱我们的祖国　邹韬奋

087　国敌家仇铸在心　钟敬之

088　给流亡异地的东北同胞书　萧　红

090　囚　歌　叶　挺

091　黑水白山·调寄满江红　赵尚志

092　狱中题壁　戴望舒

093　囚徒歌　林基路

095　待凯旋以报父母恩　李云鹏

096　警告中国抗战营垒内的奸细分子　续范亭

098　新中国在望中　朱自清

100　述　志　陈嘉庚

101　遗　嘱　邹韬奋

102　为人民服务　毛泽东

104　五四断想　闻一多

106　伟大与渺小　臧克家

108　"四八"烈士永垂不朽　周恩来

110　国家的前途寄托在青年一辈身上　邓　发

111　鼓起你的劲儿踏上你的长路　叶剑英

112　论气节　朱自清

115　迎接胜利　何雪松

116　把牢底坐穿　何敬平

117　我们也有一面五星红旗　罗广斌

118　我有了祖国　李健吾

120　战斗在汉江南岸　魏　巍

123　青年要在祖国建设中尽到责任　刘少奇

125　草地颂歌　宋之的

127　写给向科学堡垒进攻的青年们　华罗庚

129　社稷坛抒情　秦　牧

131　依依惜别的深情　魏　巍

133　松树的风格　陶　铸

135　永远不能忘记的日子　雷　锋

137　五星红旗在天安门前升起　李水清

139　我们爱韶山的红杜鹃　毛岸青、邵华

141　忆铁人　魏钢焰

142　学习先进，才可能赶超先进　邓小平

144　长街灯语　秦　牧

145　脊梁颂　秦　牧

147　我是中国人民的儿子　邓小平

148	寻找理想	巴　金
150	热爱祖国是中国人民的历史传统	彭　真
152	海棠花祭	邓颖超
153	振兴中华民族	邓小平
155	回望延安	王巨才
156	万里长江第一湾	刘上洋
158	让农民过上好日子就是我的初心	朱有勇
160	一定要把女子高中办好	张桂梅
162	请党放心，强国有我	佚　名

爱 国

蔡元培

爱国心者，起于人民与国土之感情，犹家人之爱其居室田产也。行国之民，逐水草而徙，无定居之地，则无所谓爱国。及其土著也，画封疆，辟草莱[1]，耕耘建筑，尽瘁于斯，而后有爱恋土地之心，是谓爱国之滥觞。至于土地渐廓，有城郭焉，有都邑焉，有政府百执事焉。自其法律典例之成立，风俗习惯之沿革，与夫语言文章之应用，皆画然[2]自成为一国，而又与他国相交涉，于是乎爱国之心，始为人民之义务矣。

人民爱国心之消长，为国运之消长所关。有国于此，其所以组织国家之具，虽莫不备，而国民之爱国心，独无以副之，则一国之元气，不可得而振兴也。彼其国土同，民族同，言语同，习惯同，风俗同，非不足以使人民有休戚相关之感情，而且政府同，法律同，文献传说同，亦非不足以使人民有协同从事之兴会，然苟非有爱国心以为之中坚，则其民可与共安乐，而不可与共患难。事变猝起，不能保其之死而靡他也。故爱国之心，实为一国之命脉，有之，则一切国家之原质，皆可以陶冶于其炉锤之中；无之，则其余皆骈枝[3]也。

爱国之心，虽人人所固有，而因其性质之不同，不能无强弱多

---

[1] 草莱：荒芜之乡。
[2] 画然：分明的样子。
[3] 骈枝：骈拇枝指。骈拇，指脚的大拇指和二拇指相连。枝指，指手的大拇指或小指旁多长出一个手指。

寡之差，既已视为义务，则人人以此自勉，而后能以其爱情实现于行事，且亦能一致其趣向，而无所参差也。

人民之爱国心，恒随国运为盛衰。大抵一国当将盛之时，若垂亡之时，或际会大事之时，则国民之爱国心，恒较为发达。国之将兴也，人人自奋，思以其国力冠绝世界，其勇往之气，如日方升。昔罗马暴盛之时，名将辈出，士卒致死，因而并吞四邻，其已事也。国之将衰也，或其际会大事也，人人惧祖国之沦亡，激励忠义，挺身赴难，以挽狂澜于既倒，其悲壮沉痛亦有足伟者，如亚尔那温克特里[4]之于瑞士，哥修士孤[5]之于波兰是也。

由是观之，爱国心者，本起于人民与国土相关之感情，而又为组织国家最要之原质，足以挽将衰之国运，而使之隆盛，实国民最大之义务，而不可不三致意者焉。

* 本文节选自蔡元培于1912年编写的《中学修身教科书》。

---

[4] 亚尔那温克特里：瑞士爱国志士。
[5] 哥修士孤：波兰爱国志士。

青　春

李大钊

　　青年锐进之子，尘尘刹刹，立于旋转簸扬循环无端之大洪流中，宜有江流不转之精神，屹然独立之气魄，冲荡其潮流，抵拒其势力，以其不变应其变，以其同操其异，以其周执其易，以其无持其有，以其绝对统其相对，以其空驭其色，以其平等律其差别，故能以宇宙之生涯为自我之生涯，以宇宙之青春为自我之青春。宇宙无尽，即青春无尽，即自我无尽。此之精神，即生死肉骨、回天再造之精神也。此之气魄，即慷慨悲壮、拔山盖世之气魄也。唯真知爱青春者，乃能识宇宙有无尽之青春。唯真能识宇宙有无尽之青春者，乃能具此种精神与气魄。唯真有此种精神与气魄者，乃能永享宇宙无尽之青春。

…………

　　青年乎！其以中立不倚之精神，肩兹砥柱中流之责任，即由今年今春之今日今刹那为时中之起点，取世界一切白首之历史，一火而摧焚之，而专以发挥青春中华之中，缀其一生之美于中以后历史之首页，为其职志，而勿逡巡不前……青年乎，勿徒发愿，愿春常在华常好也，愿华常得青春，青春常在于华也。宜有即华不得青春，青春不在于华，亦必奋其回春再造之努力，使废落者复为开敷，开敷者终不废落，使华不能不得青春，青春不能不在于华之决心也。

…………

　　青年之自觉，一在冲决过去历史之网罗，破坏陈腐学说之囹圄，勿令僵尸枯骨，束缚现在活泼泼地之我，进而纵现在青春之我，扑杀过去青春之我，促今日青春之我，禅让明日青春之我。一在脱绝浮世虚伪之机械生活，以特立独行之我，立于行健不息之大机轴……青年循蹈乎此，本其理性，加以努力，进前而勿顾后，背黑暗而向光明，为世界进文明，为人类造幸福，以青春之我，创建青春之家庭，青春之国家，青春之民族，青春之人类，青春之地球，青春之宇宙，资以乐其无涯之生。乘风破浪，迢迢乎远矣，复何无计留春望尘莫及之忧哉？

*1916年，李大钊正值青春年华。在那个水深火热的时代，他由季节上的春天想到了政治上的春天，渴望中国能够重新找回国家的春天，由此写下《青春》。本文为节选。

新的！旧的！

李大钊

宇宙进化的机轴，全由两种精神运之以行，正如车有两轮，鸟有两翼，一个是新的，一个是旧的。但这两种精神活动的方向，必须是代谢的，不是固定的；是合体的，不是分立的，才能于进化有益。

中国人今日的生活全是矛盾生活，中国今日的现象全是矛盾现象。举国的人都在矛盾现象中讨生活，当然觉得不安，当然觉得不快，既是觉得不安不快，当然要打破此矛盾生活的阶，另外创造一种新生活，以寄顿吾人的身心，慰安吾人的灵性。

矛盾生活，就是新旧不调和的生活，就是一个新的，一个旧的，其间相去不知几千万里的东西，偏偏凑在一处，分立对抗的生活。这种生活，最是苦痛，最无趣味，最容易起冲突。这一段国民的生活史，最是可怖。

欲研究一国家或一都会中某一时期人民的生活，任取其生活现象中的一粒微尘而分析之，也能知道其生活全部的特质。一个都会里一个人所穿的衣服，就是此都会里最美的市场中所陈设的；一个人的指爪上的一粒炭灰，就是由此都会里最大机械场的烟突中所飞落的。既同在一个生活之中，刹刹尘尘都含有全体的质性，都着有全体的颜色。

⋯⋯⋯⋯⋯

中国今日生活现象矛盾的原因，全在新旧的性质相差太远，活动又相邻太近。换句话说，就是新旧之间，纵的距离太远，横的距离太近；时间的性质差得太多，空间的接触逼得太紧。同时同地不容并存的人物、事实、思想、议论,走来走去,竟不能不走在一路来碰头,呈出两两配映、两两对立的奇观。这就是新的气力太薄,不能努力创造新生活,以征服旧的过处了。

……………

因此我很盼望我们新青年打起精神,于政治、社会、文学、思想种种方面开辟一条新径路,创造一种新生活,以包容覆载那些残废颓败的老人,不但使他们不妨害文明的进步,且使他们也享享新文明的幸福,尝尝新生活的趣味,就像在北京建造电车轨道,输运从前那些乘驼轿、骡车、人力车的人一般。打破矛盾生活,脱去二重负担,这全是我们新青年的责任,看我们新青年的创造能力如何?

进!进!进!新青年!

*《新的!旧的!》发表于1918年5月《新青年》。本文为节选。

认识我们的价值

蔡元培

诸君！这次世界大战争，协约国竟得最后胜利，可以消灭种种黑暗的主义，发展种种光明的主义。我昨日曾经说过，可见此次战争的价值了。但是我们四万万同胞直接加入的，除了在法国的十五万华工，还有什么人？这不算怪事！此后的世界，全是劳工的世界呵！

我说的劳工，不但是金工、木工，等等，凡用自己的劳力做成有益他人的事业，不管他用的是体力、是脑力，都是劳工。所以农是种植的工，商是转运的工，学校教员、著述家、发明家是教育的工。我们都是劳工。我们要自己认识劳工的价值。劳工神圣！

我们不要羡慕那凭借遗产的纨绔儿，不要羡慕那卖国营私的官吏，不要羡慕那克扣军饷的军官……他们虽然奢侈点，但是良心上不及我们的平安多了。

我们要认识我们的价值！劳工神圣！

*1918年11月，德国战败的消息传到北京。为庆祝协约国的胜利，蔡元培向教育部借了天安门的露天讲台，举行演讲大会。本文节选自蔡元培1918年11月16日做的演讲。

新纪元

李大钊

  我们今日欢祝这新纪元，不是像那小儿女们喜欢过年，喜欢那灯光照旧明，爆竹照旧响，鱼肉照旧吃，春联照旧贴，恭喜的套话照旧说，新衣新裳照旧穿戴。那样陈陈相因的生活，就过了百千万亿年，也是毫无意义，毫无趣味，毫无祝贺的价值。人类的生活，必须时时刻刻拿最大的努力，向最高的理想扩张传衍，流转无穷，把那陈旧的组织、腐滞的机能一一地扫荡摧清，别开一种新局面。这样进行的发轫，才能配称新纪元。这样的新纪元，才有祝贺的价值。一个人的一生，包含无数的新纪元，才算能完成他的崇高的生活。人类全体的历史，联结无数的新纪元，才算能贯达这人类伟大的使命。

  1914年以来世界大战的血、1917年俄国革命的血、1918年德奥革命的血，好比一场大洪水——诺阿[1]以后最大的洪水——洗来洗去，洗出一个新纪元来。这个新纪元带来新生活、新文明、新世界，和1914年以前的生活、文明、世界，大不相同，仿佛隔几世纪一样。

  从今以后，大家都晓得生产制度如能改良，国家界线如能打破，人类都得一个机会同去做工，那些种种的悲情、穷困、疾疫、争夺，自然都可以消灭……从今以后，因为现代的战争要靠着工业知识，所以那些皇家、贵族等等，一旦争斗起来，非仰赖劳工阶级不可……

---

[1] 诺阿：即诺亚。

从今以后，生产制度起一种绝大的变动，劳工阶级要联合他们全世界的同胞，做一个合理的生产者的结合，去打破国界，打倒全世界资本的阶级……从今以后，人心渐渐觉醒……这些消息，都是这新纪元的曙光。在这曙光中，多少个性的屈枉、人生的悲惨、人类的罪恶，都可望像春冰遇着烈日一般，消灭渐净。多少历史上遗留的偶像，如那皇帝、军阀、贵族、资本主义、军国主义，也都像枯叶经了秋风一样，飞落在地。这个新纪元是世界革命的新纪元，是人类觉醒的新纪元。我们在这黑暗的中国，死寂的北京，也仿佛分得那曙光的一线，好比在沉沉深夜中得一个小小的明星，照见新人生的道路。我们应该趁着这一线的光明，努力前去为人类活动，做出一点有益人类的工作。这点工作，就是贺新纪元的纪念。

*俄国十月革命后，第一个无产阶级国家政权建立；而在中国，新文化运动兴起。这些都是"新纪元"的曙光。1919年元旦，李大钊发表《新纪元》，指出俄国十月革命对中国的影响。本文为节选。

随感录(四十一)

鲁 迅

愿中国青年都摆脱冷气,只是向上走,不必听自暴自弃者流的话。能做事的做事,能发声的发声。有一分热,发一分光,就令[1]萤火一般,也可以在黑暗里发一点光,不必等候炬火。

此后如竟没有炬火,我便是唯一的光。倘若有了炬火,出了太阳,我们自然心悦诚服地消失,不但毫无不平,而且还要随喜赞美这炬火或太阳;因为他照了人类,连我都在内。

我又愿中国青年都只是向上走,不必理会这冷笑和暗箭。尼采说:"真的,人是一个浊流。应该是海了,能容这浊流使他干净。""咄,我教你们超人:这便是海,在他这里,能容下你们的大侮蔑。"

纵令不过一洼浅水,也可以学学大海;横竖都是水,可以相通。几粒石子,任他们暗地里掷来;几滴秽水,任他们从背后泼来就是了。

---

*《随感录(四十一)》发表于1919年1月《新青年》。本文为节选。

---

[1] 就令:纵然,即使。

现代青年活动的方向

李大钊

现代的青年，应该在寂寞的方面活动，不要在热闹的方面活动。近来常听人说："我们青年要耐得过这寂寞日子。"我想这"寂寞日子"，并不是苦境，实在是一种乐境。我觉得世间一切光明，都从寂寞中发见出来……热闹中所含的，都是消沉，都是散灭；黑暗寂寞中所含的，都是发生，都是创造，都是光明。这样讲来，这寂寞日子，实在是有滋味、有趣意的日子，不是忍苦受罪的日子，我们实在乐得过，不是耐得过。况且耐得过的日子，必不长久。一个人若对于一种日子总觉得是耐得过，他的心中，必是认这寂寞日子，是一种苦境，是一种烦恼，那就很容易把他抛弃，去寻快乐日子过。因为避苦求乐，是人性的自然，勉强矜持的心，是靠不住的……青年呵！我们在寂寞的方面活动，不可带着丝毫勉强矜持的意思，必须知道那里有一种真趣味、一种真光明，甘心情愿乐得过这寂寞日子，才能有从这寂寞日子中寻出真趣味，获得真光明的一日。

现代的青年，应该在痛苦的方面活动，不要在欢乐的方面活动……我觉得人生求乐的方法，最好莫过于尊重劳动。一切乐境，都可由劳动得来；一切苦境，都可由劳动解脱。劳动的人，自然没有苦境跟着他。这个道理，可以由精神的物质的两方面说。劳动为一切物质的富源，一切物品，都是劳动的结果……青年呵！你们要晓得劳动的人，实在不知道苦是什么东西。譬如身子疲乏，若去劳动一时半刻，顿得非常的爽快。隆冬的时候，若是坐着洋车出门，把浑身冻得战栗，若是步行走个十里五里，顿觉周身温暖。免苦的好法子，就是劳动。这叫作尊劳主义。这样讲来，社会上的人，若都本着这尊劳主义去达他们人生的目的，世间不就靡有什么苦痛了吗……

现代的青年，也应在黑暗的方面活动，不要专在光明的方面活动……无如世间的黑暗，仍旧遍在，许多的同胞，都陷溺到黑暗中间，我们焉能独自享受光明呢？同胞都在黑暗里面，我们不去援救他们，却自找一点不沾泥土的地方，偷去安乐，偷去清洁，那种光明，究竟能算得光明吗？那种幸福，究竟能算得幸福吗？旧时代的青年讲修养的，犹且有"先忧后乐"的话，新时代的青年，单单做到"独善其身""洁身自好"的地步，能算尽了责任的人吗……青年呵！只要把你的心放在坦白清明的境界，尽管拿你的光明去照澈大千的黑暗，就是有时困于魔境，或竟做了牺牲，也必有良好的效果发生出来。只要你的光明永不灭绝，世间的黑暗，终有灭绝的一天。

*《现代青年活动的方向》发表于1919年3月《晨报》。本文为节选。

长江歌

王尽美

看看看,滔天大祸飞来到身边。
日本强盗似狼贪,硬立民政官,
此耻不能甘,山东又要似朝鲜!
攫我祖国,攘我主权,破我好河山。

听听听,山东父老同胞愤怒声。
送我代表赴北京,质问大总统!
反对卖国廿一条,保护我山东。
堂堂中华,炎黄裔胄,主权最神圣。

*五四运动中,北京学生在天安门前集会,举行游行示威,要求取消袁世凯与日本签订的"二十一条"。全国学生纷纷响应,山东的学生还组织暑期演讲团向群众宣传。这首诗是1919年7月王尽美为济南学生演讲团谱写的歌词。

学生求学，要立志救国

孙中山

今日学生求学问即是求知识。众"伙计"既然是求知识，所以今日兄弟欲与众"伙计"说说求学。求学有两种人：（一）无意识之人；（二）有意识之人。试问座中众"伙计"几多为有意识？几多为无意识？兄弟以为仍多是未定志向人。对于人生前途、国家观念、世界责任，多未打算清楚。但兄弟以为众"伙计"入学堂研究学问，有师长为之指导，乃一最好机会。因社会上与众"伙计"同年龄之人不得入学者，尚百数十倍也。所处地位既优于众人，当然于国家比众人多负几倍义务，所以在今日求学时期，众"伙计"宜先立志。否则十年窗下任你读书几许卷，终亦无补于国家，只一书锥而已。或谓立志为何？兄弟对于此反问，以为第一，学生须要明白中国地位；第二，学生须要认定自己责任。能了解于斯二者，然后可与言立志……故兄弟以为众"伙计"对于民国宜生一种觉悟，见一种责任……大众发奋为雄，立志救国，已立此志者，务求此志之实行；未立此志者，改从今日誓立此志，以图救国家之危亡。抑有进者，现在中华民国，官僚腐败，军阀横行，不成国家。众"伙计"立志则有希望，不立志则无希望。简直可说，中华民国之存亡呼吸系于"伙计"立志救国之一念。

*1921年6月21日至30日，广东第五次全省教育大会召开。孙中山应邀在广州市中等以上学校教职员学生宣传会上发表演说。本文节选自该演说。

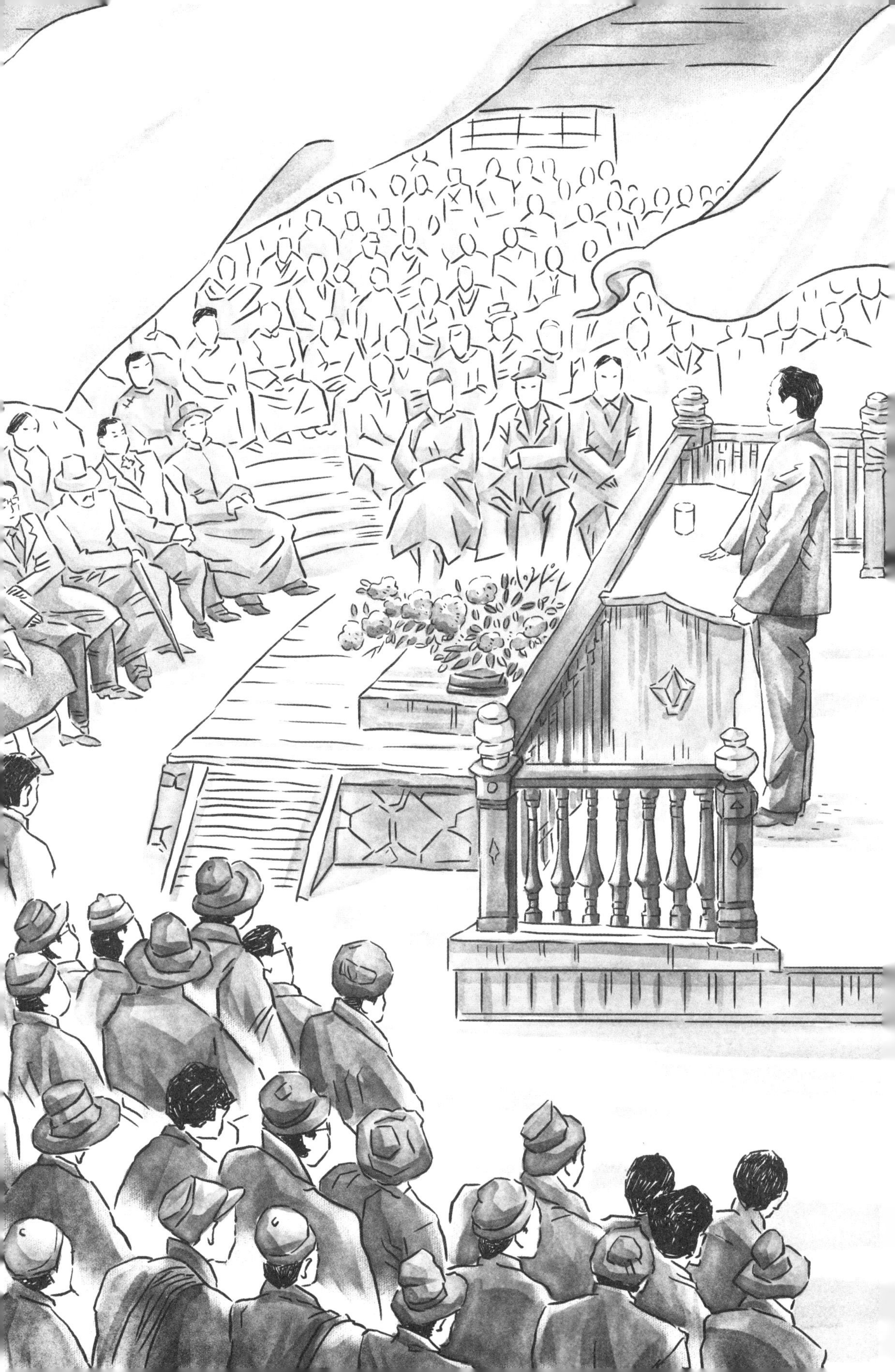

归国杂诗

陈 毅

从印度洋到太平洋，恍惚做了几重噩梦，
豺狼吃着我们的弟兄，醒来头觉深痛！
气愤填膺了，骂亡奴自己断送！

忽然隐约的青山，在雾中浮见了。
呵，那是客梦常萦的乡国，如今再见了！
将投入她的怀中了！近了，近在眼前了！
踏了，踏在足底了！投入她的怀里了！
怎依稀不似旧容？可怜她长受侮弄。
我心伤极了，但伤心又有何用？

唉，我西返的噩梦！
豺狼口里，又岂止我们的弟兄！
快睁开你的瞎眼！你怎配骂人家自己断送！

*1921年冬，陈毅和在法国勤工俭学的一百多位同学，因参加学生运动，被法国政府以武力遣送回国。陈毅在回国途中写下了《归国杂诗》组诗，组诗共有四篇，本文为《船近香港望太平山》篇。

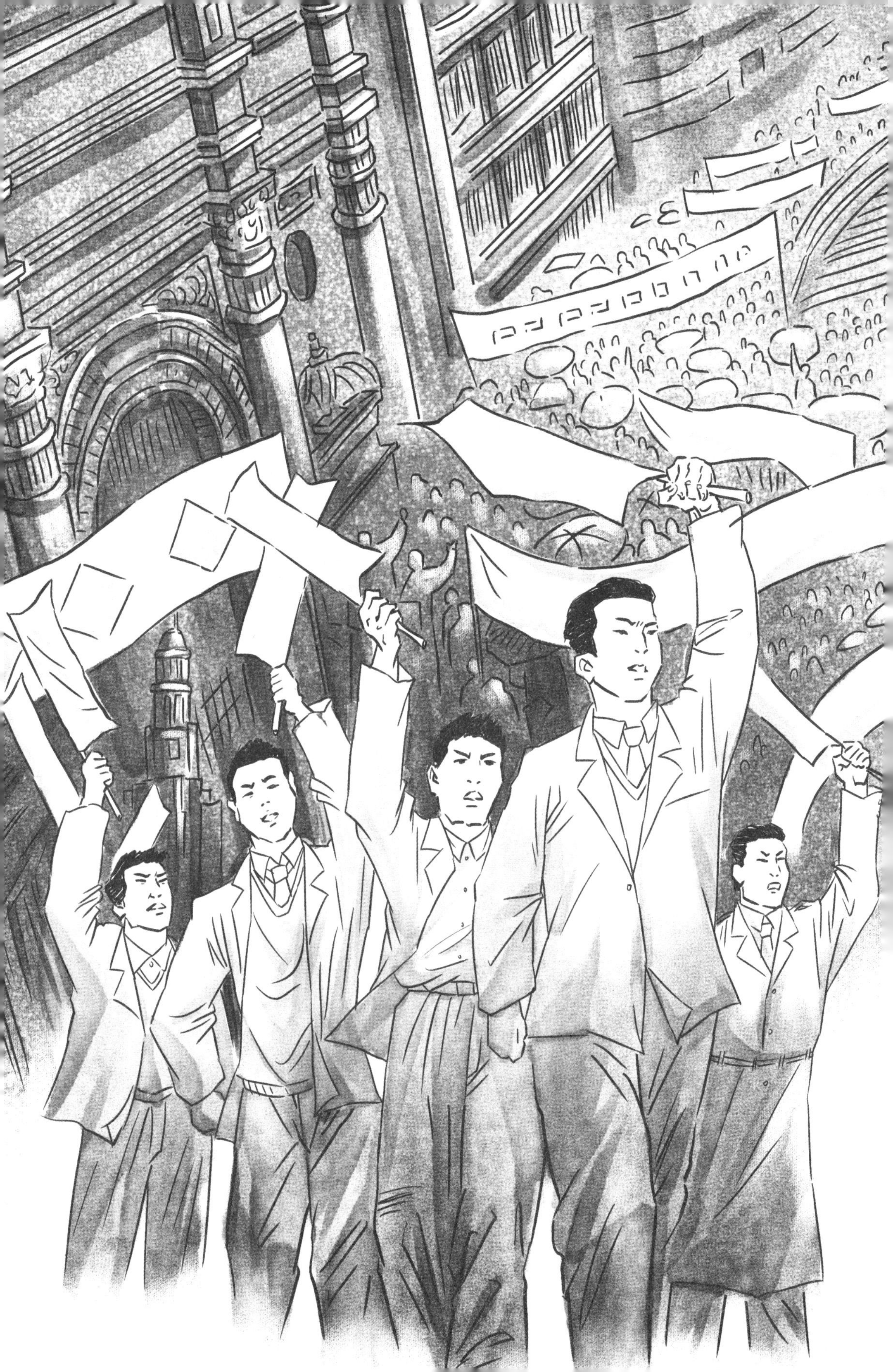

争国权以救危亡

聂荣臻

海外游子,悬念何如?又闻川战复起,兵自增,而匪复猖,水深火热之家乡!父老之苦困也何堪?狼毒野心之列强!无故侵占我国土!二十一条之否认被拒绝,而租地期满,又故意不肯交还!私位饱囊之政府,只知自争地盘,拥数十万之雄兵,无非残杀同胞,热血男儿何堪睹此?男也虽不敢云以天下为己任,而拯父老出诸水火,争国权以救危亡,是青年男儿之有责!况男远出留学,所学何为?决非一衣一食之自为计,而在四万万同胞之均有衣食也!亦非自安自乐以自足,而在四万万同胞之均能享安乐也!此男素抱之志,亦即男视为终身之事业也!

*1922年6月,聂荣臻在比利时学习。6月3日,他给父母写了这封信,表达了海外学子忧国忧民的情怀。本文为节选。

为这唯一光明、唯一希望

向警予

儿此次远行，在常人眼光看来本属不近人情，盖居家未满三月，又值二哥性命危笃之际，唉！我这样匆匆究竟为什么？造真学问储真能力，还不是对国家对两亲对兄弟对自身的唯一光明、唯一希望吗？我为这唯一光明、唯一希望而不孝不友之事竟躬犯之，如无所建白，扪心何以自安？！愿我慈爱之两亲对儿多加训迪，儿亦当格外奋发，兢兢业业以图成功于万一耳。

…………

儿书此函，有一耿耿在念之事萦注于两亲之身。父亲年迈八十，母亲体弱多病，此度二哥之变两亲如不达观，恐于身体健康更重儿辈不孝之罪，二哥地下有知，恐亦不安于心。

儿尤念念不忘，为我八十之老亲。盖吾父年来一经忧患，即至咯血。此系危症，老人罹此，更觉难支，务求勉强达观，珍重万钧，是所至祷。儿在外，当勤通书信，不使老人悬念。儿自己身体亦当格外保养，决不敢因循敷衍，遗两亲忧。我慈爱之两亲，儿决不虚言以取两亲一时之欢也。

*本文节选自1923年1月6日向警予写给父母的信。

爱国心

邵力子

在国界未化除以前，爱国心原是人类心里最可宝贵的一种。但爱国心必须济以正确的智识。历史上不知有几多枭雄，借着爱国这个问题，驱使愚民去送死。现社会里许多常识不足的人，挟着满腔爱国的热血，终年辛苦奔忙，得不着什么结果。所以社会的先觉者，不但要设法唤起群众的爱国心，更要切实指示群众：怎样才是真爱国，怎样才是爱国心不耗费于无用之地。当列宁毅然与德国签订和约时，俄国人怕也有大多数骂他不爱国吧！真爱国，无过于从根本上刷清政治，无过于从根本上为国民谋幸福。所以在今日，讲爱国而不敢讲革命，必无是处！

*1919年6月至1925年夏，邵力子主编的上海《民国日报》副刊《觉悟》，成为宣传马克思主义的报刊之一。在六年中，邵力子在该副刊上发表文章近千篇，《爱国心》发表于1923年2月。

赤潮曲

瞿秋白

赤潮澎湃,晓霞飞动,惊醒了,五千余年的沉梦。
远东古国,四万万同胞,同声歌颂,神圣的劳动。
猛攻,猛攻,捶碎这帝国主义万恶丛!
奋勇,奋勇,解放我殖民世界之劳工,
何论黑,白,黄,无复奴隶种!
从今后,福音遍天下,文明只待共产大同。
看!光华万丈涌。

*1923年1月,瞿秋白从莫斯科回到北京。此时,他已经是一个满怀无产阶级革命激情和崇高理想的共产主义者了。他安顿下来不久,就动手翻译《国际歌》,同时创作了《赤潮曲》。

艰难的国运与雄健的国民

李大钊

　　历史的道路，不全是平坦的，有时走到艰难险阻的境界，这是全靠雄健的精神才能够冲过去的。

　　一条浩浩荡荡的长江大河，有时流到很宽阔的境界，平原无际，一泻万里。有时流到很逼狭的境界，两岸丛山叠岭、绝壁断崖，江

河流于其间，回环曲折，极其险峻。民族生命的进程，其经历亦复如是。

人类在历史上的生活正如旅行一样。旅途上的征人所经过的地方，有时是坦荡平原，有时是崎岖险路。老于旅途的人，走到平坦的地方，固是高高兴兴地向前走，走到崎岖的境界，愈是奇趣横生，觉得在此奇绝壮绝的境界，愈能感到一种冒险的美趣。

中华民族现在所逢的史路，是一段崎岖险阻的道路。在这一段道路上，实在亦有一种奇绝壮绝的景致，使我们经过这段道路的人，感到一种壮美的趣味。但这种壮美的趣味，没有雄健的精神是不能够感觉到的。

我们的扬子江、黄河，可以代表我们的民族精神，扬子江及黄河遇见沙漠、遇见山峡都是浩浩荡荡地往前流过去，以成其浊流滚滚、一泻万里的魄势。目前的艰难境界，哪能阻抑我们民族生命的前进？我们应该拿出雄健的精神，高唱着进行的曲调，在这悲壮歌声中，走过这崎岖险阻的道路。要知在艰难的国运中建造国家，亦是人生最有趣味的事……

*本文写于1923年底。李大钊用马克思主义的历史观认识事物和分析问题，指出反帝反封建所经过的道路虽是曲折的，但前景是光明的。

儿又何尝不惦念双亲

邓恩铭

不写信又三个月了,知双亲一定挂念,但儿又何尝不惦念双亲呢。儿一向很好,想双亲及祖母……均安康如常?

儿生性与人不同,最憎恶的是名与利,故有负双亲之期望,但所志既如此,亦无可如何。再婚姻事已早将不能回去完婚之意直达王家,儿主张既定,决不更改,故同意与否,儿概不问,各行其是可也。三爷与印寿回南,儿本当同行,奈职务缠身,无法摆脱,故只好硬着心肠不回去。印寿如到荔,问他就知道儿一切情形了。儿明天回青岛,仍就原事。余后续禀,肃此敬请。

*本文为1924年5月邓恩铭回青岛途中写给父亲的信,表达了自己把革命事业放在第一位的决心。

西山的葬礼

陈 毅

你是一个泪尽了的鲛人！你是一只血干了的夜莺！
你是光明的战士！你是民族的母亲！
如今你归来，归到了山林。
有流泉幽咽，有翠柏森森。
有石塔峥嵘，有风雨凄清。
还有白云依恋，伴明月长照丹心！
试看国门，已被外寇拥进！试看国土，已被外寇吞并！
你如今归休了，能安否，你的亡灵？
谁是你的后身，能秉着你的精神？
谁是你的后身，能守着你的遗命？
又谁能如你一样，完毕了革命的工程？
亡灵啊，你亡了，你不能由死回生。
我只愿青年头上，寄托着你的精魂！
你长休罢，我们起行！你长休罢，我们猛进！

---

*1925年3月，孙中山不幸病逝，4月2日上午，其灵柩移送西山。此时的西山，人头攒动，陈毅也挤在人群之中，迎接孙中山灵柩的到来。在这样的背景下，陈毅创作了这首诗歌。诗歌开头四句，以"鲛人""夜莺""战士""母亲"，象征孙中山一生天下为公、为革命鞠躬尽瘁的伟大精神。

我们的中国

郑振铎

我们的中国，我们的中国！是你在召唤我们吗？

是的，我们来，我们将放下一切而来！

我们的中国，我们的中国！是谁将你的光荣蔑辱？

我们的刀将为你而拔，我们的生命将为你而舍弃。

我们的中国，我们的中国！那张忧郁悲闷的脸是你的吗？

不，不，你将不再颓唐自放！

我们将为你除去一切忧闷之源。

我们的中国，我们的中国！是你这样的瘠弱、贫困吗？

我们将为你而工作，工作，工作，

直到你恢复你的强健与富饶。

我们的中国，我们的中国！是你在召唤我们吗？

是的，我们已准备了，我们将放下了一切而来！

*1925年5月，五卅运动爆发，郑振铎创作了这首诗，抒发了献身祖国的豪情。

战！

柔 石

尘沙驱散了天上的风云，
尘沙埋没了人间的花草；
太阳啊，呜咽在灰暗的山头，
孩子呀，向着古洞深林中奔跑！

陌巷与街衢，
遍是高冠大面者的蹄迹，
肃杀严刻的兵威，
利于三冬刺骨的飞雪！

真的男儿呀，醒来罢，
炸弹！手枪！
匕首！毒箭！
古今武器，罗列在面前。
天上的恶魔与神兵，
也齐来助人类战，
战！

火花如流电，
血泛如洪泉，
骨堆成了山，

肉腐成肥田。
未来子孙们的福荫之宅,
就筑在明月所清照的湖边。

呵！战！
剜心也不变！
砍首也不变！
只愿锦绣的山河，
还我锦绣的面！
呵！战！
努力冲锋，
战！

---

　　*《战！》写于1925年夏，当时正值第一次国内革命战争时期，中国共产党正领导着五卅运动和省港大罢工，革命运动风起云涌。在这样的背景下，柔石写下了这首热情洋溢的诗篇。

文艺与爱国
——纪念三月十八

闻一多

我们的爱国运动和新文学运动何尝不是同时发轫的？他们原来是一种精神的两种表现。在表现上两种运动一向是分道扬镳的。我们也可以说正因为他们没有携手，所以爱国运动的收效既不大，新文学运动的成绩也就有限了。

爱尔兰的前例和我们自己的事实已经告诉我们了：这两种运动合起来便能够互收效益，分开来定要两败俱伤。所以《诗刊》的诞生刚刚在铁狮子胡同[1]大流血之后，本是碰巧的；我却希望大家当它不是碰巧的。我希望爱自由，爱正义，爱理想的热血要流在天安门，流在铁狮子胡同，但是也要流在笔尖，流在纸上。

同是一个热烈的情怀，犀利的感觉，见了一片红叶掉下地来，便要百感交集，"泪浪滔滔"，见了十三龄童的赤血在地下踩成泥浆子，反而漠然无动于衷。这是不是不近人情？我并不要诗人替人道主义同一切的什么主义捧场。因为讲到主义便是成见了。理性铸成的成见是艺术的致命伤；诗人应该能超脱这一点。诗人应该是一张留声机的片子，钢针一碰着他就响。他自己不能决定什么时候响，什么时候不响。他完全是被动的。他是不能自主，不能自救的。诗人做到了这个地步，便包罗万有，与宇宙契合了。换句话说，就是

---

[1] 铁狮子胡同：段祺瑞政府所在地。

所谓伟大的同情心——艺术的真源。

并且同情心发达到极点,刺激来得强,反动也来得强,也许有时仅仅一点文字上的表现还不够,那便非现身说法不可了。所以陆游一个七十衰翁要"泪洒龙床请北征",拜伦要战死在疆场上了。所以拜伦最完美、最伟大的一首诗,也便是这一死。所以我们觉得诸志士们三月十八日的死难不仅是爱国,而且是伟大的诗。我们若得着死难者的热情的一部分,便可以在文艺上大成功;若得着死难者的热情的全部,便可以追他们的踪迹,杀身成仁了。

*1926年3月18日,北洋军阀段祺瑞卖国政府勾结日本帝国主义疯狂屠杀爱国学生、工人和市民,酿成"三一八"惨案。闻一多对此非常愤慨,挥笔写下了《文艺与爱国》《天安门》等战斗檄文。本文为节选。

革命不成功，立誓不回家

王尔琢

凤翠[1]母女此次来汉，未谋一面，深为憾事。儿何尝不想念着骨肉的团聚，儿何尝不眷恋着家庭的亲密，但上海、长沙烈士们殷红的血迹燃起了儿的满腔怒火，乱葬岗上孤儿寡母的哭声斩断了儿的万缕归思。

为了让千千万万的母亲和孩子能过上好日子，为了让白发苍苍的老人皆可享乐天年，儿已决意以身许国！革命不成功，立誓不回家。

凤翠娘家父母双亡，望大人善待儿媳，见凤翠如见儿一般……

> *本文为王尔琢写给父母的信。1927年初，王尔琢随北伐军到达武汉，他写信让妻子郑凤翠和女儿前来团聚，但四一二反革命政变发生后，他因被通缉未能与妻女见面。他感到非常愧疚，提笔写了一封"托孤书"，也是给亲人的最后一封信。

[1] 凤翠：王尔琢的妻子郑凤翠。

离 别

郑振铎

别了,我爱的中国,我全心爱着的中国,当我倚在高高的船栏上,见着船渐渐地离岸了,船与岸间的水面渐渐地阔了,见着了许多亲友挥着白巾,挥着帽子,挥着手,说着 Adieu[1]、adieu！听着鞭炮劈劈拍拍地响着。水兵们高呼着向岸上的同伴告别时,我的眼眶是润湿了。我自知我的泪点已经滴在眼镜面了,镜面是模糊了。我有一种说不出的感动！

船慢慢地向前驶着,沿途见了停着的好几只灰色的白色的军舰。不,那不是悬着我们国旗的,它们的旗帜是"红日",是"蓝白红",是"红蓝条交叉着"的联合旗,是有"星点红条"的旗！

两岸是黄土和青草,再过去是两条的青痕,再过去是地平线上的几座小岛山,海水满盈盈地照在夕阳之下,浪涛如顽皮的小童似的踊跃不定。水面上现出一片的金光。

别了,我爱的中国,我全心爱着的中国！

我不忍离了中国而去,更不忍在这大时代中放弃每人应做的工作而去,抛弃了许多亲爱的勇士们在后面,他们是正用他们的血建造着新的中国,正在以纯挚的热诚,争斗着,奋击着。我这样不负责任地离开了中国,我真是一个罪人！

然而我终将在这大时代中工作着的,我终将为中国而努力,而呈献了我的身,我的心；我别了中国,为的是求更好的经验,求更

---

[1] Adieu: 再见。

好的奋斗工具。暂别了，暂别了，在各方面争斗着的勇士们，我不久即将以更勇猛的力量加入你们当中了。

当我归来时，我希望这些悬着"红日"的，"蓝白红"的，有"星点红条"的，"红蓝条交叉着"的一切旗帜的白色灰色的军舰都已不见了，代替它们的是我们的可喜爱的悬着我们的旗帜的伟大的舰队。

如果它们那时还没有退去中国海，还没有为我们所消灭，那么，来，勇士们，我将加入你们的队中，以更勇猛的力量，去压迫它们，去毁灭它们！

这是我的誓言！别了，我爱的中国，我全心爱着的中国！

*1927年四一二反革命政变后，郑振铎等人撰写抗议书，谴责蒋介石的暴行。5月，郑振铎被迫远走欧洲。《离别》是他离开祖国时写的一组文章。本文为节选。

祈 祷

闻一多

请告诉我谁是中国人,
启示我,如何把记忆抱紧;
请告诉我这民族的伟大,
轻轻地告诉我,不要喧哗!

请告诉我谁是中国人,
谁的心里有尧舜的心,
谁的血是荆轲聂政的血,
谁是神农黄帝的遗孽。

告诉我那智慧来得离奇,
说是河马献来的馈礼;
还告诉我这歌声的节奏,
原是九苞凤凰的传授。

谁告诉我戈壁的沉默,
和五岳的庄严?又告诉我
泰山的石霤还滴着忍耐,
大江黄河又流着和谐?

再告诉我,那一滴清泪

是孔子吊唁死麟的伤悲？
那狂笑也得告诉我 才好——
庄周、淳于髡、东方朔的笑。

请告诉我谁是中国人，
启示我，如何把记忆抱紧；
请告诉我这民族的伟大，
轻轻地告诉我，不要喧哗！

*《祈祷》原载于1927年6月23日上海《时事新报·学灯》，后收入《死水》。诗中引用了诸多典故和帝王将相的事迹，在赞美中华文化的同时，不忘反思历史，呼唤民族复兴。

我告诉你，母亲！

石评梅

我告诉你，母亲！
你不忍听吧，这凄惨号啕的声音。
是济南同胞和残暴的倭奴扎挣，
枪炮铁骑践踏蹂躏我光华圣城；
血和泪凝结着这弥天地的悲愤。
青翠巍峨的泰山呵，笼罩着烟氛，
烟氛中数千年圣宫化成了炉烬；
尸如山血成河，残酷的毒焰飞迸，
大明湖畔春色渲染着斑驳血痕。

我告诉你，母亲！
你要痛哭这难雪的隐恨和奇辱，
听胜利狞笑中恶魔正饮我髓血；
鹊华桥万缕垂柳都气得变颜色，
可叹狼藉已如落花这锦绣山河。
险恶人寰无公理无人道无同情，
生命的泯灭如逝去无痕的烟云；
祝那些刳肠剖腹血淋淋的弟兄，
安睡吧，不要再怀念这破碎祖茔。

我告诉你，母亲！

你哪忍看中华凋零到如此模样，
这碧水青山可任狂奴到处徜徉，
晨光熹微中强扶起颓败的病身；
母亲你让我去吧，战鼓正在催行。
你莫过分悲痛这晚景荒凉凄清，
我有四万万同胞，他们都还年轻，
有一日国富兵强誓将故人擒杀！
沸我热血燃我火把重兴我中华！

*1928年5月3日，日本帝国主义在济南制造"五三"惨案，残杀中国军民。5月25日，石评梅创作了这首长诗。

答敌人审问

刘绍南

　　大丈夫，要革命，立志创造新社会！为工农，谋幸福，粉身碎骨也肯为！百折不挠气不馁，抱着牺牲又怕谁！革命成功占地位，忠党美名万古垂。你们杀了我一人，好比明灯暂被狂风吹。革命少了我一人，好比大海丢了一滴水。革命声势如潮涌，一起一伏前后追。浪打沙埋众贼子，哪怕妖魔逞淫威！白旗倒了红旗飘，老子生死在这回！走上前来不下跪，贼子们，睁开狗眼看爷爷！今天落在你们手，任你杀来任你为。再过二十年，且看老子转回归！

*1928年夏，红十六师挺进湘西，刘绍南留守洪湖。由于叛徒告密，他不幸被捕。他受尽了敌人惨无人道的虐待，却始终坚贞不屈。敌人逼迫他写"自首书"，称只要写了"自首书"就不再追责。刘绍南沉思片刻，写下此文。

我的死是为着社会、国家和人类

史砚芬

我今与你们永诀了！

我的死，是为着社会、国家和人类，是光荣的，是必要的。我死后，有我千万同志，他们能踏着我的血迹奋斗前进，我们的革命事业必底于成，故我虽死犹存。我的肉体被反动派毁去了，我的自由的革命的灵魂是永远不会被任何反动者所毁伤！我的不昧的灵魂必时常随着你们，照护你们和我的未死的同志，请你们不要因丧兄而悲吧！

妹妹，你年长些，从此以后你是家长了，身兼父母兄长的重大责任。我本不应当把这重大的担子放在你身上，抛弃你们，但为着了大局我不能不对你们忍心些。我相信你在痛哭之余，必能谅察我的苦衷而原谅我。

弟弟，你年小些，你待姊应如待父母兄长一样，遇事先和她商量，听她指导。家里十余亩田，作为你俩生活及教育费用。我死以后，不要治丧，因为这是浪费的，以后你能继我志愿，乃我门第之光，我必含笑九泉，看你成功。不能继我志愿，则万不能与国民党的腐败分子同流。

*本文节选自1928年9月史砚芬在就义前给弟弟、妹妹的遗书。

革命精神歌

赵博生

先锋！先锋！

热血沸腾，

先烈为平等牺牲，

做人类解放救星。

侧耳远听，

宇宙充满饥饿声，

警醒先锋，

个人自由全牺牲。

我死国生，

我死犹荣，

身虽死精神长生，

成功成仁，

实现大同。

---

*第一次国内革命战争时期，共产党人刘伯坚等人在西北军工作，赵博生深受他们的影响。1929年，赵博生在担任西北军特种兵旅旅长时，创作此诗。

没有调查，没有发言权

毛泽东

你对于某个问题没有调查，就停止你对于某个问题的发言权。这不太野蛮了吗？一点也不野蛮。你对那个问题的现实情况和历史情况既然没有调查，不知底里，对于那个问题的发言便一定是瞎说一顿。瞎说一顿之不能解决问题是大家明了的，那么，停止你的发言权有什么不公道呢？许多的同志都成天地闭着眼睛在那里瞎说，这是共产党员的耻辱，岂有共产党员而可以闭着眼睛瞎说一顿的吗？

要不得！

要不得！

注重调查！

反对瞎说！

你对于那个问题不能解决吗？那么，你就去调查那个问题的现状和它的历史吧！你完完全全调查明白了，你对那个问题就有解决的办法了。一切结论产生于调查情况的末尾，而不是在它的先头。只有蠢人，才是他一个人，或者邀集一堆人，不做调查，而只是冥思苦索地"想办法""打主意"。须知这是一定不能想出什么好办法，打出什么好主意的。换一句话说，他一定要产生错办法和错主意。

许多巡视员，许多游击队的领导者，许多新接任的工作干部，喜欢一到就宣布政见，看到一点表面、一个枝节，就指手画脚地说这也不对，那也错误。这种纯主观地"瞎说一顿"，实在是最可恶没有的。他一定要弄坏事情，一定要失掉群众，一定不能解决问题。

许多做领导工作的人，遇到困难问题，只是叹气，不能解决。他恼火，请求调动工作，理由是"才力小，干不下"。这是懦夫讲的话。迈开你的两脚，到你的工作范围的各部分、各地方去走走，学个孔夫子的"每事问"，任凭什么才力小也能解决问题，因为你未出门时脑子是空的，归来时脑子已经不是空的了，已经载来了解决问题的各种必要材料，问题就是这样子解决了。一定要出门吗？也不一定，可以召集那些明了情况的人来开个调查会，把你所谓困难问题的"来源"找到手，"现状"弄明白，你的这个困难问题也就容易解决了。

调查就像"十月怀胎"，解决问题就像"一朝分娩"。调查就是解决问题。

*《反对本本主义》原题为《调查工作》，作于1930年5月，是毛泽东为了反对当时红军中的教条主义思想而写。本文为节选。

就义诗

张锦辉

不怕死来不怕生，

天大事情妹敢当；

一生革命为穷人，

阿妹敢去上刀山。

打起红旗呼呼响，

工农红军有力量；

共产党万年走天下，

反动派总是不久长。

穷苦工农并士兵，

希望大家要齐心；

打倒军阀国民党，

何愁天下不太平。

> *1930年5月12日，张锦辉到西洋坪村开展工作，因反革命分子的告密，不幸被捕。5月16日，敌人把她押到峰市乡天后宫。她昂首挺胸，一边走向刑场，一边向群众引吭高歌这三首歌曲。

一种云

瞿秋白

天总是皱着眉头。太阳光如果还射到地面上,那也总是稀微的、淡薄的。至于月亮,那更不必说,它只是偶然露出半面,用它那惨淡的眼光看一看这罪孽的人间,这是孤儿寡妇的眼光,眼睛里含着总算还没有流完的眼泪。受过不止一次封禅大典的山岳,至少有大截是上了天,只留一点山脚给人看。黄河,长江……据说是中国文明的父母,也不知道怎么变了心,对于它们的亲生骨肉,都摆出一副冷酷的面孔。从春天到夏天,从秋天到冬天,这样一年年的过去,淫虐的雨、凄厉的风和肃杀的霜雪更番的来去,一点儿光明也没有。这样的漫漫长夜,已经二十年了。这都是一种云在作祟。那云为什么这样屡次三番地摧残光明?那云是从什么地方来的?这是太平洋上的大风暴吹过来的,这是大西洋上的狂飙吹过来的。还有那些模糊的血肉——榨床底下淌着的模糊的血肉蒸发出来的。那些会画符的人——会写借据、会写当票的人,就用这些符篆在呼召。那些吃田地的土蜘蛛——虽然死了也不过只要六尺土地葬它的贵体,可是活着总要吃住这么二三百亩田地——这些土蜘蛛就用屁股在吐着。那些肚里装着铁心肝铁肚肠的怪物,又竖起了一根根的烟囱在喷着。狂飙风暴吹过来的,血肉蒸发出来的,符篆呼召来的,屁股吐出来的,烟囱喷出来的,都是这种云。这是战云。

难怪总是漫漫的长夜了!

什么时候才黎明呢?

看那刚刚发现的虹。祈祷是没有用的了。只有自己去做雷公公电闪娘娘。那虹发现的地方，已经有了小小的雷电，打开了层层的乌云，让太阳重新照到紫铜色的脸。如果是惊天动地的霹雳，那才拨得满天的愁云惨雾。这可只有自己做了雷公公电闪娘娘才办得到。要使小小的雷电变成惊天动地的霹雳！

*1931年夏，因在上海的中共中央某机关被国民党反动派破坏，瞿秋白寄住在谢澹如家，后来移住鲁迅家附近的一间房子里。他虽肺病缠身，但仍写了大量战斗性很强的诗文。写于1931年9月3日的《一种云》便是其中之一。

诗一首

田位东

在我们前面，
白色恐怖，困苦，艰难，
好像几座大山，
但是挡不住我们——
劳苦大众联合起来，
粉碎帝国主义的锁链。
自食其力，何须要人可怜[1]！
前进！前进！
冲破黎明前的黑暗，
胜利就在明天！

*《诗一首》写于九一八事变前后，是从田位东的一本札记里发现的。

---

[1] 自食其力，何须要人可怜：田位东为了进行革命工作，曾靠拉包车、拾柴火为生，并以此为革命工作提供经费。

竭尽所能为抗日战争效死

王若飞

近日由同监牢犯传出得之于来看望彼等的友人说，日军已攻下山海关，进犯热河甚急，先生将率三十五军东上御敌。这个消息，可以推见日本帝国主义既占我东三省后，仍积极向我进攻。我在很早就主张中国对日本帝国主义的侵略应实行坚决的抵抗。我认为中国反日本帝国主义的侵略的抗日战争是民族革命战争，所以我热烈地拥护这个民族革命的抗日战争，并竭尽所能去为这个战争效死。

兹将我对于这个战争应取的策略详细写出，以供先生参考，并向先生有以下要求：立在现实中国民族坚决反对日本帝国主义之侵略压迫的民族革命战争立场上，我希望先生能设法给我以实际参加这个战争的机会，让我的血洒在这伟大的民族革命战争中。或参加军队赴前线作战，或赴东三省、热河组织义勇军与其他各种抗日工作。我不是贪生怕死言不顾行的人。我之参加民族革命的抗日战争机会，或许不会是完全没有一点用处。

我恳切地盼望先生立在中华民族革命战争的利益上，详细考虑我对日抗战工作的意见和个人的要求，我等候先生英明的回答。

*1933年1月，王若飞被关在绥远国民党的监狱里。他在狱中听说日军已经攻下山海关，就给时任绥远省主席兼第三十五军军长的傅作义写了这封信。本文为节选。

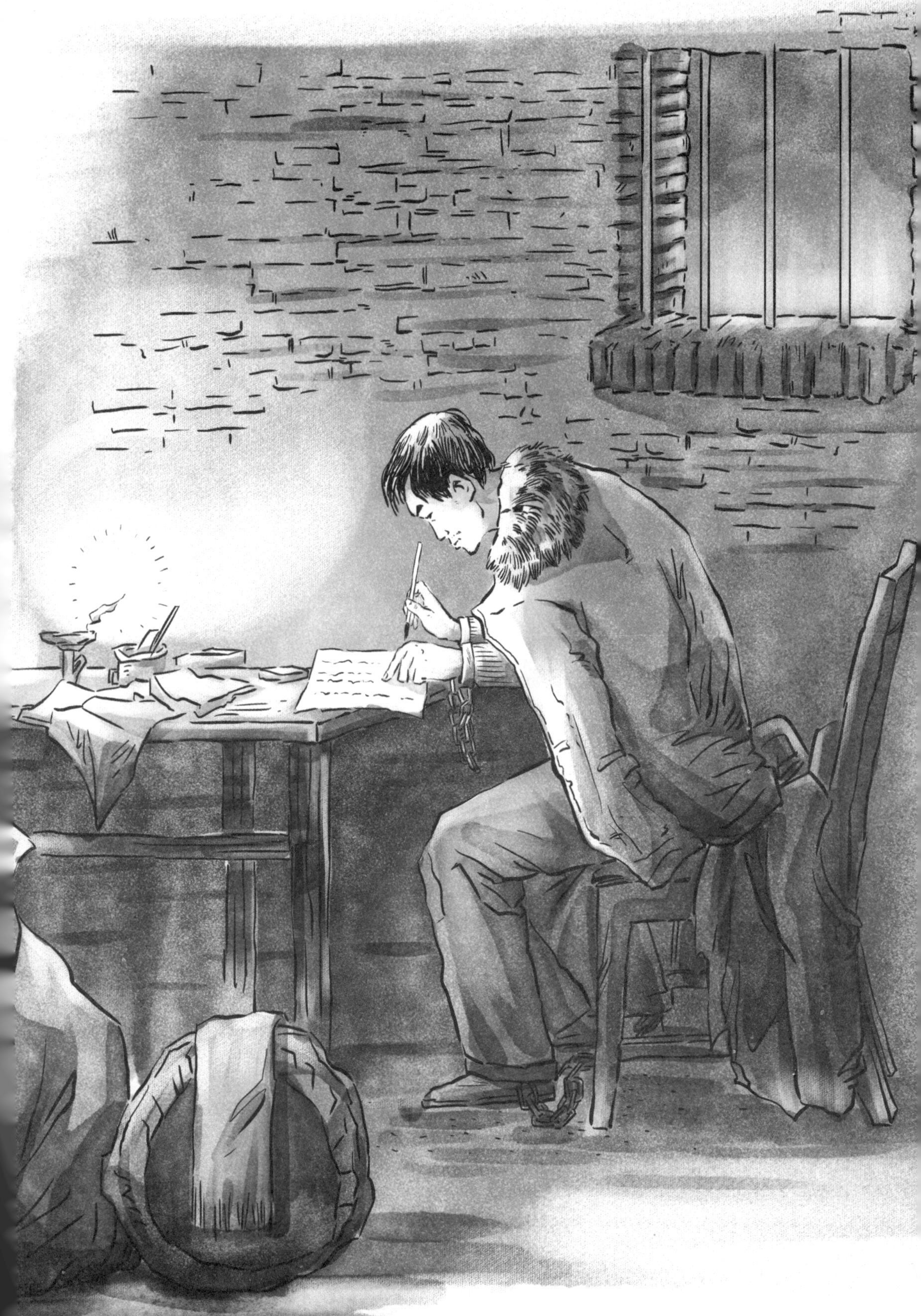

船上的民族意识

邹韬奋

自九一八中国暴露了许多逃官逃将以来，虽有马占山[1]部及十九路军的昙花一现的暂时的振作，西报上遇有关于中国的漫画，不是画着一个颟顸[2]大汉匍匐呻吟于雄赳赳的日军阀枪刺之下，便是画着前面有一个拖着辫子的中国人拼命狂奔，后面一个日本兵拿着枪大踏步赶着。这样的印象，怎能引起什么人的敬重？至于外国人中的"死硬"派，那更不消说了。这都是"和外"的妙策[3]遗下的好现象！

到国外每遇着侨胞谈话，他们深痛于祖国的不振作，在外随时随地受着他族的凌辱蹂躏，呼吁无门，所表示的民族意识也特别的坚强，就是屡在国外旅行的雷宾南[4]先生，此次在船上的时候和记者长谈，也对此点再三地注重，可见他所受到的刺激也是很深刻的。我说各殖民地的民族革命，也是促成帝国主义加速崩溃的一件事。不过一个民族中的帝国主义的附属物不铲除，为虎作伥者肆无忌惮，民族解放又何从说起呢？这却成为一个先决问题了。

---

[1] 马占山：指挥的江桥抗战打响了中国人民反抗日本侵略的第一枪。
[2] 颟顸（mān hān）：糊涂而又马虎。
[3] "和外"的妙策：这是反语，指国民党政府对外投降卖国的政策。
[4] 雷宾南：早年加入中国同盟会，1911年参加广州黄花岗起义。

*1933年6月，邹韬奋因参加中国民权保障同盟，被国民党列入黑名单，被迫出国。《船上的民族意识》是他在乘坐的轮船进入印度洋后所写。本文为节选。

我们临死以前的话

方志敏

我们是共产党员，为革命而死，毫无所怨，更无所惧，只有两件事，使我们不能释怀：做过某些错误，但经党指出，莫不立刻纠正。我们始终是党的正确路线的拥护者和执行者，是马克思列宁主义竭诚的信仰者，我们相信共产国际的伟大和它领导世界革命的正确，我们相信中国布尔什维克党中央的伟大和领导中国革命的正确，我们坚决相信在国际和中央列宁主义领导之下，中国革命和世界革命必能在不远的将来得到全部成功！

苏维埃的制度将代替国民党的制度，而将中国从最后崩溃中挽救出来！

共产主义世界的系统，将代替资本主义世界的系统，而将全世界无产阶级和全人类，从痛苦死亡毁灭中拯救出来。全世界的光明，只有待共产主义的实现！我们临死前，对全党同志诚恳地希望，就是全党同志要一致团结在中央领导之下，发扬布尔什维克最高的积极性、坚决性、创造性，用尽自己的体力和智力，学习列宁同志"一天做十六点钟工作"的榜样，努力为党工作！积极开展城市工人运动，不惮艰苦地进行国民党军中的士兵运动，广泛开展农民运动，争取千百万被压迫的工农士兵群众到党的旗帜之下来！很快实现党所提出"创造一百万强大的红军"的口号，在中国各地开展游击战争，分散国民党的兵力，使国民党像打火一样，这处打不熄，那处又燃烧起来，不能集中大的兵力，来进攻我主力红军。在各地积极创造新苏区，来拥护和援助主力红军，使能很快击破敌人，造成全国的反攻形势，汇集全中国苏维埃运动的洪流，冲毁法西斯国民党血腥统治，达到独立自由的工农的苏维埃新中国的建立！

在此时，如有哪些同志不执行党的决议和指示，而消极怠工，那简直不是真正的革命同志，而是冒牌党员。这样的人，是忘记了国民党囚牢里有好几万党的同志正在受刑吃苦，忘记了国民党的刑场上党的同志流下的斑斑血迹，忘记了我们的主力红军正在川黔滇湘艰苦地战斗，更忘记了千千万万的工农劳苦群众正在啼饥号寒无法生存！

亲爱的同志们！我们因错误而失败，而被俘入狱，现在是无可奈何地要被法西斯国民党屠杀了。我们要与你们永别了！

法西斯国民党在用种种威迫利诱的可耻手段，企图劝诱我们投降。投降？你国民党是什么东西——一伙凶恶的强盗，一伙无耻的卖国汉奸！一伙屠杀工农的刽子手！我们与你们反革命国民党是势不两立的。你法西斯匪徒们只能砍下我们的头颅，绝不能丝毫动摇我们的信仰！我们的信仰是铁一般的坚硬的。

---

*方志敏被捕入狱后，他的内心充满自责，急迫地想向党组织汇报"失败的原因、经过"，以及被俘、入狱的情况。在此动机下，他于1935年3月25日完成《我们临死以前的话》。本文为节选。

我所爱之国

沈钧儒

我欲入山兮虎豹多,我欲入海兮波涛深。
呜呼嘻兮!
我所爱之国兮,你到哪里去了?
我要去追寻。

国之为物兮,听之无声,扪之无形。
不属于一人之身兮,而系于万民之心。
呜呼嘻兮!
我所爱之国兮,求此心于何从兮?
我泪淋浪其难禁。

＊1935年5月,上海《新生》周刊登载了《闲话皇帝》一文,日本驻沪总领事向国民党政府提出"严重抗议"。国民党当局查封《新生》周刊,逮捕总编辑杜重远。沈钧儒出庭为杜重远辩护,但国民党法庭仍然判处杜重远徒刑。《我所爱之国》写于宣判五天之后。

可爱的中国

方志敏

朋友！中国是生育我们的母亲。你们觉得这位母亲可爱吗？我想你们是和我一样的见解，都觉得这位母亲是蛮可爱蛮可爱的。以言气候，中国处于温带，不十分热，也不十分冷，好像我们母亲的体温，不高不低，最适宜于孩儿们的偎依。以言国土，中国土地广大，纵横万数千里，好像我们的母亲是一个身体魁大、胸宽背阔的妇人，不像日本姑娘那样苗条瘦小。中国许多有名的崇山大岭，长江巨河，以及大小湖泊，岂不象征着我们母亲丰满坚实的肥肤上之健美的肉纹和肉窝？中国土地的生产力是无限的；地底蕴藏着未开发的宝藏也是无限的；废置而未曾利用起来的天然力，更是无限的，这又岂不象征着我们的母亲，保有着无穷的乳汁、无穷的力量，以养育她四万万的孩儿？我想世界上再没有比她养得更多的孩子的母亲吧。至于说到中国天然风景的美丽，我可以说，不但是雄巍的峨嵋、妩媚的西湖、幽雅的雁荡、与夫"秀丽甲天下"的桂林山水，可以傲睨一世，令人称羡；其实中国是无地不美，到处皆景，自城市以至乡村，一山一水，一丘一壑，只要稍加修饰和培植，都可以成流连难舍的胜景；这好像我们的母亲，她是一个天姿玉质的美人，她的身体的每一部分，都有令人爱慕之美。中国海岸线之长而且弯曲，照现代艺术家说来，这象征我们母亲富有曲线美吧。咳！母亲！美丽的母亲，可爱的母亲，只因你受着人家的压榨和剥削，弄成贫穷已极。

……

不错，目前的中国，固然是江山破碎、国弊民穷，但谁能断言，中国没有一个光明的前途呢？不，决不会的，我们相信，中国一定有个可赞美的光明前途。中国民族在很早以前，就造起了一座万里长城和开凿了几千里的运河,这就证明中国民族伟大无比的创造力！中国在战斗之中一旦斩去了帝国主义的锁链，肃清自己阵线内的汉奸卖国贼，得到了自由与解放，这种创造力，将会无限地发挥出来。到那时，中国的面貌将会被我们改造一新。所有贫穷和灾荒，混乱和仇杀，饥饿和寒冷，疾病和瘟疫，迷信和愚昧，以及那慢性的杀灭中国民族的鸦片毒物，这些等等都是帝国主义带给我们可憎的赠品，将来也要随着帝国主义的赶走而离去中国了。朋友，我相信，到那时，到处都是活跃的创造，到处都是日新月异的进步，欢歌将代替了悲叹，笑脸将代替了哭脸，富裕将代替了贫穷，康健将代替了疾苦，智慧将代替了愚昧，友爱将代替了仇杀，生之快乐将代替了死之悲哀，明媚的花园将代替了凄凉的荒地！这时，我们民族就可以无愧色地立在人类的面前，而生育我们的母亲，也会最美丽地装饰起来，与世界上各位母亲平等地携手了。

*1935年5月2日，方志敏在监狱中，满怀爱国主义激情，写下了《可爱的中国》。本文为节选。

清 贫

方志敏

就在我被俘的那一天——一个最不幸的日子,有两个国方兵士,在树林中发现了我,而且猜到我是什么人的时候,他们满肚子热望在我身上搜出一千或八百大洋,或者搜出一些金镯、金戒指一类的东西,发个意外之财。哪知道从我上身摸到下身,从袄领捏到袜底,除了一只时表和一支自来水笔之外,一个铜板都没有搜出。他们于是激怒起来了,猜疑我是把钱藏在哪里,不肯拿出来。他们之中有一个,左手拿着一个木柄榴弹,右手拉出榴弹中的引线,双脚拉开一步,做出要抛掷的姿势,用凶恶的眼光盯住我,威吓地吼道:

"赶快将钱拿出来,不然就是一炸弹,把你炸死去!"

"哼!你不要做出那难看的样子来吧!我确实一个铜板都没有存;想从我这里发洋财,是想错了。"我微笑淡淡地说。

"你骗谁?像你当大官的人会没有钱!"拿榴弹的兵士坚不相信。

"绝不会没有钱的,一定是藏在哪里,我是老出门的,骗不得我。"另一个兵士一面说,一面弓着背重来一次将我的衣角裤裆过细地捏,总企望着有新的发现。

"你们要相信我的话,不要瞎忙吧!我不比你们国民党当官的,个个都有钱,我今天确实是一个铜板也没有,我们革命不是为着发财啦!"我再向他们解释。

等他们确知在我身上搜不出什么的时候,也就停手不搜了;又在我藏躲地方的周围,低头注目搜寻了一番,也毫无所得,他们是多么的失望呵！那个持弹欲放的兵士，也将拉着的引线，仍旧塞进榴弹的木柄里，转过来抢夺我的表和水笔。后彼此说定表和笔卖出钱来平分，才算无话。他们用怀疑而又惊异的目光，对我自上而下地望了几遍，就同声命令地说："走吧！"

是不是还要问问我家里有没有一些财产？请等一下，让我想一想，啊，记起来了，有的有的，但不算多。去年暑天我穿的几套旧的汗褂裤，与几双缝上底的线袜，已交给我的妻放在深山坞里保藏着——怕国军进攻时，被人抢了去，准备今年暑天拿出来再穿；那些就算是我唯一的财产了。但我说出那几件"传世宝"来，岂不要叫那些富翁们齿冷三天？

清贫，洁白朴素的生活，正是我们革命者能够战胜许多困难的地方！

*本文为方志敏1935年5月26日狱中所作。

遗 信

方志敏

为防备敌人突然提我出去枪毙，故我将你的介绍信写好了。是写给我党的中央，内容是说明我在狱中所做的事，所写的文稿，与你的关系，你的过去和现在同情革命帮助革命的事实，由你答应交稿与中央，请中央派人来与你接洽等情。写了三张信纸，在右角上点一点做记号。另一信给孙夫人，在右角上下都点了一点，一信给鲁迅先生，在右角点了两点。请记着记号。

请你记住你对我的诺言，无论如何，你要将我的文稿送去。万不能听人打破嘴而毁约！我知你是有决断的人，但你的周围的人，太不好了，尽是一些黑暗朋友！只要你向光明路上前进一步，他们就百方要把你拖转去两步！他们不要你做人，而要你当狗！就是你的夫人，现在也表示缺乏勇气，当然她还算是她们之群中一个难得的佼佼者。大丈夫做事，应有最大的决心，见义勇为，见危不惧，要引导人走上光明之路，不要被人拖入黑暗之潭！

*本文为方志敏狱中所作。原信未注明写作对象和写作日期，推测是写给胡逸民的。本文为节选。

露营之歌

李兆麟、陈雷 等

铁岭绝岩,林木丛生,暴雨狂风,荒原水畔战马鸣。
围火齐团结,普照满天红。
同志们!锐志哪怕松江晚浪生。
起来哟!果敢冲锋!
逐日寇,复东北,天破晓,光华万丈涌!

浓荫蔽天,野雾弥漫,湿云低暗,足溃汗滴气喘难。
烟火冲空起,蚊吮血透衫。
兄弟们!镜泊瀑泉唤起午梦酣。
携手吧!共赴国难,
振长缨,缚强奴,山河变,万里息烽烟。

荒田遍野,白露横天,野火熊熊,敌垒频惊马不前。
草枯金风疾,霜沾火不燃,
战士们,热忱踏破兴安万重山。
奋斗呀!重任在肩,
突封锁,破重围,曙光至,黑暗一扫完。

朔风怒吼,大雪飞扬,征马踟蹰,冷风侵人夜难眠。
火烤胸前暖,风吹背后寒,
壮士们,精诚奋发横扫嫩江原!
伟志兮!何能消减,全民族,各阶级,团结起,夺回我河山。

*《露营之歌》创作于东北抗日联军西征前与西征途中。由李兆麟、陈雷等抗联战士作词。

西征胜利歌

杨靖宇

红旗招展,枪刀闪烁,我军向西征。
大军浩荡,人人英勇,日匪心胆惊。
纪律严明,到处宣传,群众齐欢迎。
创造新区,号召人民,为祖国战争。
中国红军,已到察绥,眼看要出关。
西征大军,夹攻日匪,赶快来会面。
日本国内,党派横争,革命风潮展。
俄美夹击,四面楚歌,日寇死不还。
紧握刀枪,向前猛进,同志齐踊跃。
歼灭日寇,金田全队,我军战斗好。
摩天岭高,一场大战,惊碎敌人胆。
盔甲枪弹,胜利欢颜,齐奏凯歌还。
同志快来,高高举起,胜利的红旗。
拼着热血,誓必打倒,日本帝国主义。
铁骑纵横,"满洲"境内,已有十大军,
万众蜂起,勇敢杀敌,祖国恢复矣。

*1936年,为了与中共中央取得联系,杨靖宇两次组织东北抗日联军第一路军西征。但由于敌人的围追阻截,两次西征都以失败告终。然而,暂时的失败并没有摧毁队伍继续抗日的信心,为了鼓舞士气,杨靖宇创作了这首歌曲。

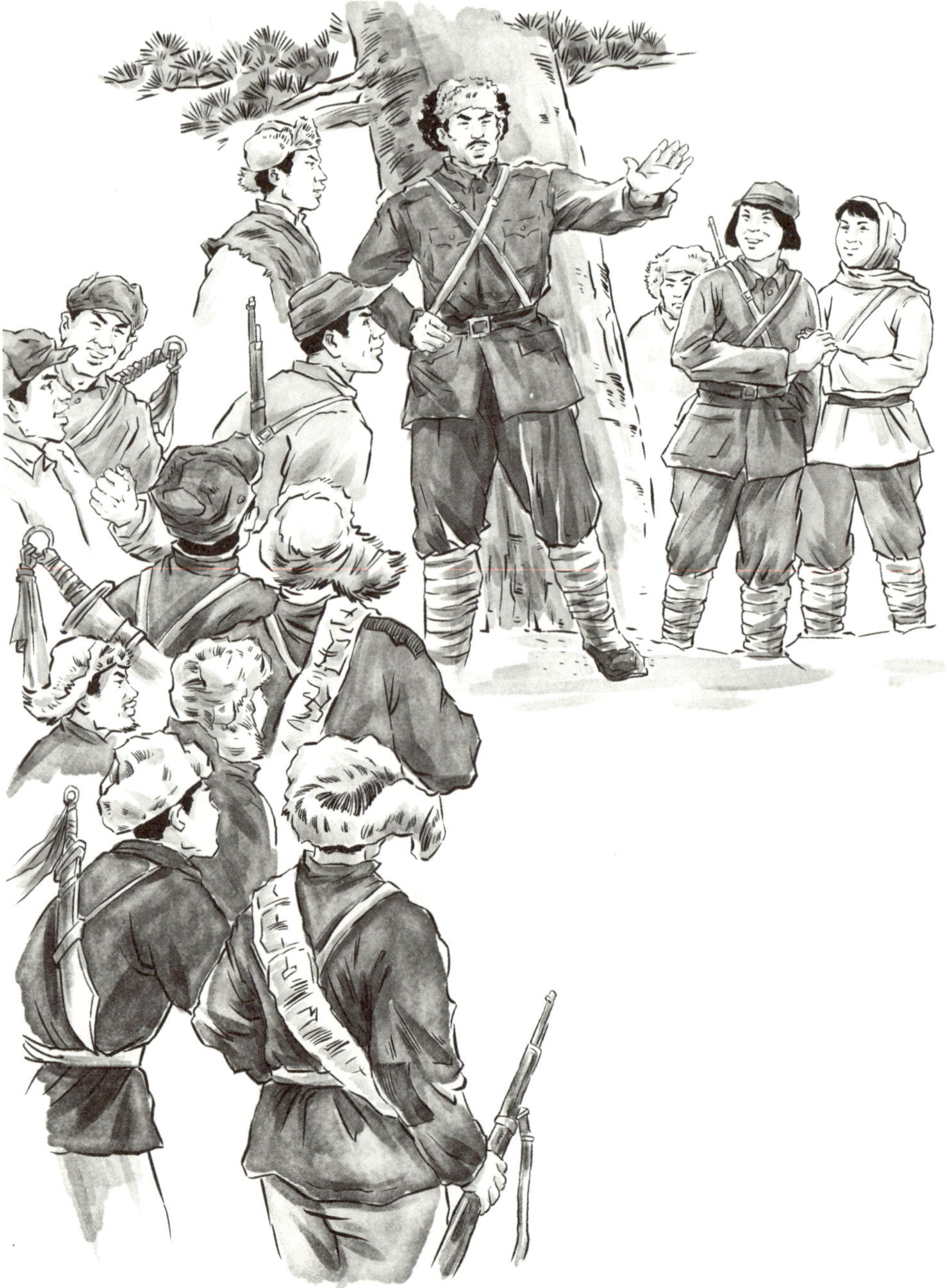

想北平

老 舍

可是，我真爱北平。这个爱几乎是要说而说不出的。我爱我的母亲。怎样爱？我说不出。在我想做一件讨她老人家喜欢的事的时候，我独自微微地笑着；在我想到她的健康而不放心的时候，我欲落泪。言语是不够表现我的心情的，只有独自微笑或落泪才足以把内心揭露在外面一些来。我之爱北平也近乎这个。夸奖这个古城的某一点是容易的，可是那就把北平看得太小了。我所爱的北平不是枝枝节节的一些什么，而是整个儿与我的心灵相黏合的一段历史，一大块地方，多少风景名胜，从雨后什刹海的蜻蜓一直到我梦里的玉泉山的塔影，都积凑到一块，每一小的事件中有个我，我的每一思念中有个北平，这只有说不出而已。

真愿成为诗人，把一切好听好看的字都浸在自己的心血里，像杜鹃似的啼出北平的俊伟。啊！我不是诗人！我将永远道不出我的爱，一种像由音乐与图画所引起的爱。这不但是辜负了北平，也对不住我自己，因为我的最初的知识与印象都得自北平，它是在我的血里，我的性格与脾气里有许多地方是这古城所赐给的。我不能爱上海与天津，因为我心中有个北平。可是我说不出来！

*1936年，日本加紧侵略华北，北平告急。老舍忧心如焚，思乡之情更为强烈，由此写下《想北平》，发表于1936年6月16日《宇宙风》。本文为节选。

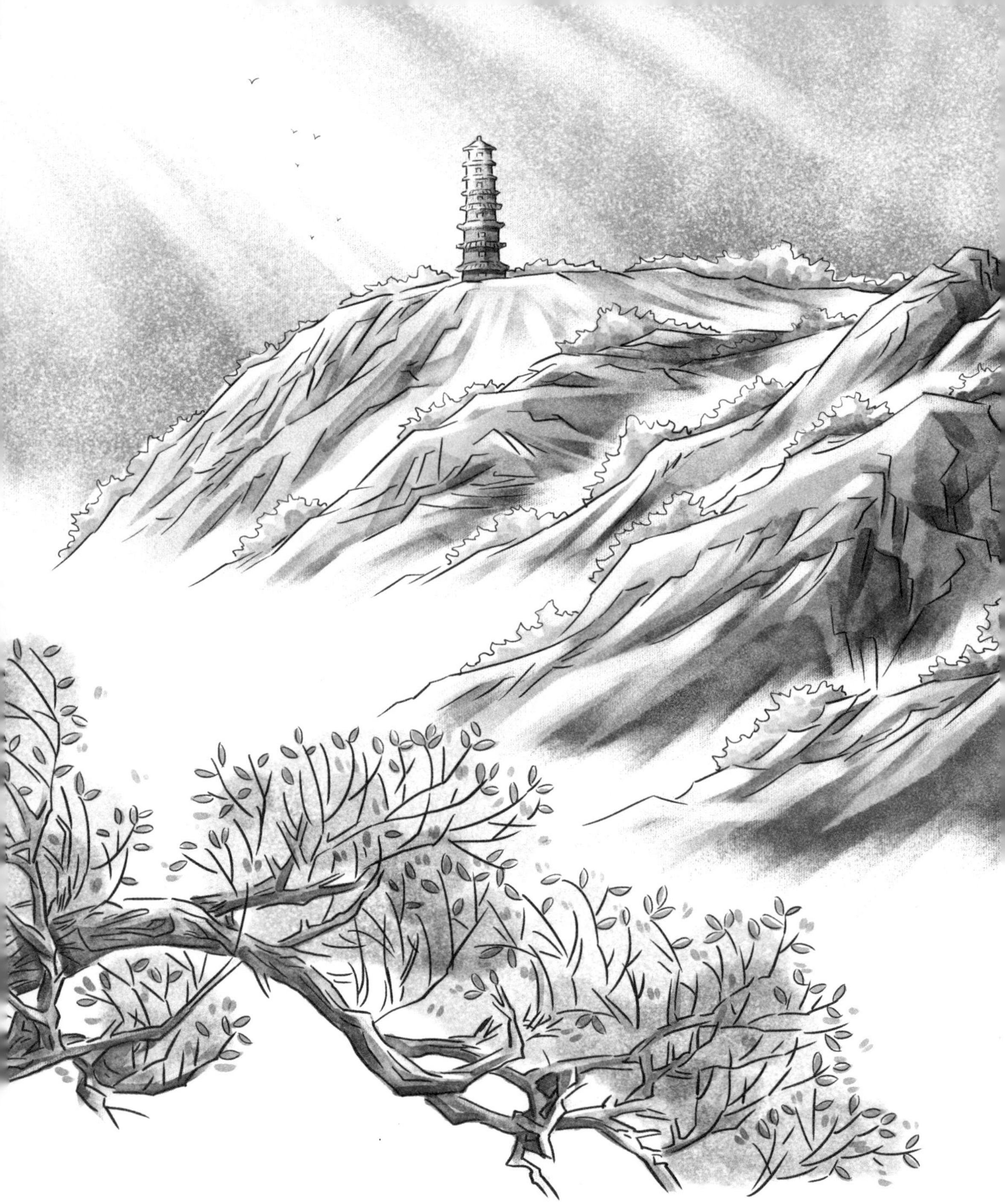

故乡，我不能让你沦亡

关 露

故乡，忆起你，掀起我祖国的惆怅！
现在，我时常梦见你，
在和你离别了的十年以往，你是"沧海桑田"。
你古旧的城堡，飘过敌人的旗帜，
你苍绿的原野，卷过战地的烽烟。
画栋雕梁的建筑者洒过殉难者的鲜血，
歌馆与青楼的艺女，让亡家的衰老代替了朱颜！
我梦见你，梦见你将要向我道别的模样：
你说你的外患无疆；
你说你历受异族的侵辱，
无人替你报仇和抵抗；
你将要死去昔日的言语，文章，孩提，少壮，
换一个统治你的异种的新王。

故乡，忆起你，掀起我祖国的惆怅！
我梦见你，梦见你的如今，也梦见你以往。
看吧，那失去的邻地，在敌人旗帜的飘展下边，
有多少我们同胞，流离，饥饿，奴隶，死伤；
在敌人的走马灰尘里已象征了祖国的垂亡！
但是，在我的梦中，我也看见你挣扎的情况；
你待救的呼声已经把四万万同胞振响。

故乡，我曾在你怀中长成，
我爱你，好像爱我的父母，兄弟，忠实的朋友；
我愿意以我的热血和体温做你战斗的刀枪，
我不能在这破碎的河山里，
重听那"后庭花"隔江歌唱！

故乡，忆起你，掀起我祖国的惆怅。
故乡，我不能让你沦亡！

*1936年9月，在九一八事变五周年前夕，关露创作了这首充满爱国精神的诗。

一切以救国为前提

周恩来

前由沪上转致一函，不识能达左右否？兄十年"剿共"，南北奔驰。今番转师南下，兵不血刃，不可谓非蒋先生接受国内停止内战之一致要求为国家保此元气也。今闻兄已奉命来陕，重整师干，向红军进攻，在蒋先生或以为红军非易与者，非以重兵压境不能逼使就范。但兄不能无视过去战况。远者不论，松潘之役，兄固控制战略要点矣，且更借自然屏障，企图困我于蛮山草地，然包座之战竟不能阻我长驱。今者形殊势异，我三个方面军已联成一气，所求者又在北上抗日。兄率孤军深入，匪特名不正言不顺，即以势言也不利。且兄更不能无视日寇侵入西北之急，相阋则徒损国力，相持则坐使日寇收渔人之利。西北再失，则同陷浩劫，同为奴隶，尚何胜负可言！故红军非不敢言战者，更非压迫所能就范者，要以国脉垂危，诚不欲斫伤过甚，是以不惮再四呼吁，祈求停战御侮。现特再以共产党致国民党公函附陈省览，希加审察。吾侪均为有民族血性者，又同与于大革命之役，虽中经乖异，但今当大难，应一切以救亡为前提，共矢御侮真诚，吾兄其有意乎？夙闻黄埔同学中，颇不乏趋向于联俄联共以救国难者，蒋先生亦曾以精诚团结、共赴国难为言，兄果能力持大义为同学先，则转瞬之间，西北得救，合作告成，抗日前途实深利赖。兄若以奉命为辞不便独断，则建议于蒋先生，一面按兵待命，犹愈于拼命屠杀为国人笑。此为国家留元气，为抗战保实力，不仅民族之幸，抑亦兄与蒋先生之所福也。倘愿遣使相商，尤所盼祷。

*1936年9月23日,周恩来根据中共中央政治局会议关于建立抗日民族统一战线的精神,致函胡宗南,劝他停止内战,一切以抗日救国为前提。

对于中国学生运动之认识与希望

陶行知

学生运动是中国整个民族解放运动之先锋。我希望,这个先锋部队要严密他的组织,锻炼他的精神,使他可以胜任百折不回的奋斗。学生救国联合会是负有责任,要叫每一个分子都有富贵不能淫、贫贱不能移、威武不能屈的精神。有了这样的精神,才能冲锋陷阵以争取中华民国之自由平等。

中国学生不但是先锋,而且是先觉。我们早已知道:联合抗日才是生路。但要保证胜利,必须大众起来。学生是负有唤起大众之任务。我希望,学联动员每一个分子去到每一角落里去培养传递先生和小先生,把民族解放之真理传播到大众的队伍里去。这是学联一开始就努力的工作,但是还要继续地做,扩大地做,更认真地做。每个学生都要推行大众的国难教育,引导大众自己救自己,使大众都觉悟起来,拼命去争取中国之自由平等。能够这样,中国的前途一定是远大光明。

*《对于中国学生运动之认识与希望》最早刊载于1937年5月《学生之路》。本文为节选。

只有抗战这一条路

巴　金

卢沟桥的炮声应该把那般所谓和平主义者的迷梦打破了。这次的事变显然又是"皇军"的预定的计划。他们的目标我们不会不知道。倘使一纸协定，几个条件就可以满足他们的野心，那么我们和这强邻早已相安无事了。哪里还有今天的"膺惩"？我们和日本的交涉也不是从今天才开始的。难道我们还不明白那一套旧把戏？从前我们打起维持东亚和平的空招牌处处低头让步，结果东亚的和平依旧受威胁，而我们自己连生存的机会也快被剥夺光了。我们每次的让步只助长了敌人的贪心，使自己更逼近灭亡。现在已经到了最后的关头。我们只有一条路可走了。这就是"抗战"！"屈服"（或者说得漂亮点，"和平"）不是一条路，那只是一个坑，它会把我们活埋了的。

在日本，人把我们看作苟安怕事的民族。让我们的"抗战"的呼声高高地响起来！要全日本国民都听得见我们的呐喊！我们要用四万万五千万人的声音答复在那边人们对我们的侮蔑。

我是一个安那其主义[1]者。有人说安那其主义者反对战争，反对武力。这不一定对。倘使这战争是为反抗强权，反抗侵略而起，倘使这武力得着民众的拥护而且保卫着民众的利益，则安那其主义者也参加这战争，而拥护这武力。要是这武力不背叛民众，安那其

---

[1] 安那其主义：无政府主义。

主义者是不会对它攻击的。

所以我认为我们目前只有"抗战"这一条路可走！

*七七事变后，巴金认为要积极抗战，他创作的《只有抗战这一条路》表明了自己的态度。

我今日即在上前线的途中

左 权

叔父！我虽一时不能回家，我牺牲了我的一切幸福，为我的事业来奋斗，请相信这一道路是光明的、伟大的，愿以我的成功的事业，报你与我母亲对我的恩爱，报我林哥对我的培养。

……

卢沟桥事件后，迄今已两个多月了。日本已动员全国力量来灭亡中国。中国政府为自卫应战亦已摆开了阵势，全面的战争已打成了，这一战争必然要持久下去，也只有持久才能取得抗战的胜利。红军已改名为国民革命军，并改编为第八路军，现又改编为第十八集团军。我们的先头部队早已进到抗日的前线，并与日寇接触。后续部队正在继续运送。我今日即在上前线的途中。我们将以游击运动战的姿势，出动于敌人之前后左右各个方面，配合友军粉碎日敌的进攻。我军已准备着以最大的艰苦斗争来与日本周旋，因为在抗战中中国的财政经济日益穷困，生产日益低落，在持久的战争中必须能够吃苦，没有坚持的持久艰苦斗争的精神，抗日胜利是无保障。

*本文节选自1937年9月左权写给叔父左铭三的回信。

为了民族国家的利益

左 权

亡国奴的确不好当,在被日寇占领的区域内,日本人大肆屠杀,奸淫掳抢,烧房子……实在痛心。有些地方全村男女老幼全部杀光,所谓集体屠杀,有些捉来活埋活烧。有些地方的青年妇女,全部捉去,供其兽行。要增加苛捐杂税。一切企业矿产,统要没收。日寇不仅要亡我之国,并要灭我之种,亡国灭种惨祸,已临到每一个中国人民的头上。

现全国抗日战争,已进到一个严重的关头,华北、淞沪抗战,均遭挫败,但我们共产党主张救国良策,仍不能实现。眼见得抗战的失败,不是中国军队打不得,不是我们的武器不好,不是我们的军队少,而是战略战术上指挥的错误,是政府政策上的错误,不肯开放民众运动,不肯开放民主,怕武装民众,怕改善民众的生活。军官的蠢拙,军队纪律的坏,扰害民众,脱离民众……我们曾一再向政府建议,并提出改善良策,他们都不能接受。这确是中国抗战的危机,如不能改善上述这些缺点与错误,抗战的前途,是黑暗的,悲惨的。

我们不管怎样,我们是要坚持到底,我们不断督促政府逐渐改变其政策,接受我们的办法,改善军队,改善指挥,改善作战方法。现在政府迁都了,湖南成了军事政治的重地,我很希望湖南的民众大大地觉醒,兴奋起来,组织武装起来,成为民族解放自由战争中一支强有力的力量。因为湖南的民众，素来是很顽强的，在革命的事业上，是有光荣历史的。

我军在西北的战场上，不仅取得光荣的战绩，山西的民众，整个华北的民众，对我军极表好感。他们都唤着"八路军是我们的救星"。我们也决心与华北人民共艰苦，共生死。不管敌人怎样进攻，我们准备不回到黄河南岸来。我们改编为国民革命军后，当局对我们仍然是苛刻，但我全军将士，都有一个决心，为了民族国家的利益，过去没有一个铜板，现在仍然是没有一个铜板，准备将来也不要一个铜板，过去吃过草，准备还吃草。

*1937年11月8日，太原失守。八路军总部先后在高公村和马牧村驻扎，左权也有了一段难得的较为安定的时光。公务之余，他常常想起母亲。这么多年为何不回家看看？带着母亲和亲人的疑问，他写下了这封信。本文为节选。

东北抗日联军第一路军军歌

杨靖宇

我们是东北抗日联合军，创造出联合军的第一路军。
乒乓的冲锋杀敌缴械声，那就是革命胜利的铁证。
正确的革命信条应遵守，官兵士兵待遇都是平等；
铁般的军纪风纪要服从，锻炼成无敌的革命铁军。
亲爱的同志们团结起，从敌人精锐的枪刀下，
夺回来失去的我国土，解放亡国奴的牛马生活！
英勇的同志们前进呀！赶走日寇推翻"满洲国"。
这一次的民族革命战争，要完成弱小民族的解放运动。
高悬在我们的天空中，普照着胜利军旗的红光。
冲锋呀，我们的第一路军！
冲锋呀，我们的第一路军！

*1938年6月1日，东北抗日联军第一路军总司令部正式成立。当晚，杨靖宇提笔创作了这首歌曲。

做一个战士

巴 金

一个年轻的朋友写信问我："应该做一个什么样的人？"我回答他："做一个战士。"

另一个朋友问我："怎样对付生活？"我仍旧答道："做一个战士。"

《战士颂》的作者曾经写过这样的话：

我激荡在这绵绵不息、滂沱四方的生命洪流中，我就应该追逐这洪流，而且追过它，自己去造更广、更深的洪流。

我如果是一盏灯，这灯的用处便是照彻那多量的黑暗。我如果是海潮，便要鼓起波涛去洗涤海边一切陈腐的积物。

这一段话很恰当地写出了战士的心情。

在这个时代，战士是最需要的。但是这样的战士并不一定要持枪上战场。他的武器也不一定是枪弹。他的武器还可以是知识、信仰和坚强的意志。他并不一定要流仇敌的血，却能更有把握地致敌人的死命。

战士是永远追求光明的。他并不躺在晴空下享受阳光，却在暗夜里燃起火炬，给人们照亮道路，使他们走向黎明。驱散黑暗，这是战士的任务。他不躲避黑暗，却要面对黑暗，跟躲藏在阴影里的魑魅、魍魉搏斗。他要消灭它们而取得光明。战士是不知道妥协的。他得不到光明便不会停止战斗。

战士是永远年轻的。他不犹豫，不休息。他深入人丛中，找寻苍蝇、毒蚊等等危害人类的东西。他不断地攻击它们，不肯与它们共同生存在一个天空下面。对于战士，生活就是不停地战斗。他不是取得光明而生存，便是带着满身伤痕而死去。在战斗中力量只有增长，信仰只有加强。在战斗中给战士指路的是"未来"，"未来"给人以希望和鼓舞。战士永远不会失去青春的活力。

战士是不知道灰心与绝望的。他甚至在失败的废墟上，还要堆起破碎的砖石重建九级宝塔。任何打击都不能击破战士的意志。只有在死的时候他才闭上眼睛。

战士是不知道畏缩的。他的脚步很坚定。他看定目标，便一直向前走去。他不怕被绊脚石摔倒，没有一种障碍能使他改变心思。假象绝不能迷住战士的眼睛，支配战士的行动的是信仰。他能够忍受一切艰难、痛苦，而达到他所选定的目标。除非他死，人不能使他放弃工作。

这便是我们现在需要的战士。这样的战士并不一定具有超人的能力。他是一个平凡的人。每个人都可以做战士，只要他有决心。所以我用"做一个战士"的话来激励那些在彷徨、苦闷中的年轻朋友。

*《做一个战士》创作于1938年7月。当时，被日军包围的上海已是一座"孤岛"。很多青年人因为找不到光明的道路而处于彷徨和苦闷之中。巴金为了鼓励这些青年坚持自己的信仰，创作了这篇鼓舞斗志的散文。

我歌唱延安

何其芳

延安的城门成天开着,成天有从各个方向走来的青年,背着行李,燃烧着希望,走进这城门。学习。歌唱。过着紧张的快活的日子。然后一群一群地,穿着军服,燃烧着热情,走散到各个方向去。

在青年们的嘴里,耳里,想象里,回忆里,延安像一支崇高的名曲的开端,响着洪亮的动人的音调。

这简短到只有两个字音的名字究竟包括着什么呢?

包括着三个山:西山,清凉山,宝塔山。

包括着两条河:延水,南河。

包括着在三个山的中间,在两条河的岸上,一个古老的城和它的人民。

包括着历史和传说:韩琦、范仲淹治理过的宋代的边城;明代以前相当繁荣,回回叛乱后才衰落下来……假若你去访问清凉山上一个六十岁的老人,虽说他卧病床上也会滔滔不绝地从同治年间谈到现在。但是让我只谈现在吧。

包括着中国共产党中央委员会,毛泽东同志,陕甘宁边区政府。

包括着一些学校:抗日军政大学,陕北公学,鲁迅艺术学院……

包括着不断地进步:

两年以前,红军未到的时候,这是一个荒凉的穷苦的城,然而人民的背上压着繁重的捐税,每月每家要出几元或者几十元。现在,商业繁荣了起来,有了三万以上的资本的商号。

一年以前,红军已改成了八路军的时候,人口还只有四五千;

饭铺只有四五家,使用着木头挖成的碟子,弯的树枝做成的筷子;商店没有招牌,买错了东西很难找到原家去换,因为它们有着同样肮脏,同样破旧的面貌;大礼堂没有凳子,舞台上只有一盏煤气灯,十几只洋蜡做成的"脚灯",简单的舞蹈和"活报"。现在,人口增加成一万多;街上充满了饭铺,饭铺里有了叫"蜜汁咕噜"或者"三

不粘"的延安特别菜；所有的商店都换上了蓝底白字的招牌，浅蓝色的铺板，像换上了新的整齐的衣冠；大礼堂演着三幕戏，放映着有声电影，《夏伯阳》或者《十月革命中的列宁》，而且观众要按门票上的号数入座。

两月以前，当我坐着车子，大睁着眼睛走进这个城的时候……在这短短的两个月中也有了许多改变了。代替了一下雨便泥泞难走的土路，一条石板铺成的漂亮的街道从南门一直伸到城中央的鼓楼而且还在向前爬行，不久便会伸到北门前去。

这个活着的城像一个活着的人，不断地生长，不断地改变它的面貌。

*1938年秋天，何其芳自大后方重庆来到延安，他以饱含深情的笔触记录了这次到延安的所见所闻。本文为节选。

远征颂

赵敬夫

万里长征,

山路重重。

热血奔腾,

哪怕山路崎岖峥嵘。

纵饥寒交迫,

虽雨雪狂风,

我同志,

慷慨勇往直前,

不怕牺牲。

奋斗!冲锋!

为革命,流尽血,

事业成,变为光明。

---

*1938年7月,赵敬夫担任抗日联军第三军第五师宣传科科长。这年冬,他和姜福荣率部进行远征。《远征颂》为远征途中所作。

歌 声

老 舍

当我行在路上，或读着报纸，有时候在似睡非睡之中，常常听见一些歌声，配着音乐。

似梦境的鲜明而又渺茫，我听到了歌声，却听不清那歌词；梦中的了解，就是这样吧，那些听不清的歌词却把一点秘密的意思诉达到我的心灵。

那也像：一条绿柳深巷，或开满杜鹃的晴谷，使我欣悦，若有所得；在春之歌还未构成，可是在山水花木的面貌里认识了春之灵。

至于那音乐，我没有看见红衣的鼓手，与那素手弹动的银筝——有声无形的音乐之梦啊。可是，我仿佛感到一些轻健的音符，穿着各样颜色的绣衣，在我的心中欢舞。

欢舞的音符，以齐一的脚步、清脆的脚步，进行；以不同的独立的颤动，合成调谐的乐音；因血脉是那样流动，我领悟到它近乎军乐，笛声号声里夹着战鼓。

听着，我听着，随听随着解释，像说教者在圣殿中那样，取几句神歌，用平凡的言语阐明奥义。

鼓声细碎，笛音凄绝，每一个音符像一点眼泪。听，似乎应当记得吧，那昨天的噩梦，那伟丽的破碎？

山腰里一面大王旗，三月里遍山的杜鹃哪，还红不过满地的人血；水寨中另一面骄横的大旗，十里荷塘淤着鲜血；谁能说得尽呢，遍野的旌旗，遍野的尸骨！

伟丽的山河，卑污的纷乱，狂笑与低泣呀，羞杀了历史，从哪里去记载人心的光明壮烈呢！伟丽的破碎！

诗人呀，在那时节，在高山大川之间，在明月清风之夕，有什么呢，除了伟丽的忧郁？

鼓声如雷，号声激壮，音符疾走，似走在坚冰雪野上，轻健的脚步，一齐沙沙地轻响。听：醒来，民族的鸡鸣；芦沟晓月；啊，炮声！异样的炮声，东海巨盗的施威。

醒了，应战，应战！纵没有备下四万万五千万杆枪，我们可有四万万五千万对拳；我们醒了！

雨是血，弹是沙，画境的古城燃起冲天的烟火，如花的少女裸卧在街心；然而，没有哭啼，没有屈膝。醒了的民族啊，有颗壮烈的心！

让长江大河滚着血浪，让夜莺找不到绿枝去啼唱，我们自己没有了纷争，四万万五千万双眼睛认定了一个敌人。伟丽的忧郁，今日，变成了伟丽的壮烈；山野震颤，听，民族的杀声！每个人要走一条血路，血印，血印，一步步走入光明。

啊，每个人心里有一首诗歌，千年的积郁，今朝吐出来。诗人上了前线，沉毅无言，诗在每个人的心间。也许没有字句，也许没有音腔，可是每颗心里会唱，唱着战争的诗歌。

啊，这诗歌将以血写在历史上，每个字永远像桃花的红艳，玫瑰的芬香。

*1939年5月，日军飞机连续轰炸重庆，老舍主持日常会务的中华全国文艺界抗敌协会几次开会都没有开成。即使环境恶劣，老舍对抗战的胜利仍然充满信心，他满怀激情地写下《歌声》。

决不掩没民族意识

王雨亭

这是个大时代,你要踏上民族解放战争的最前线,我当然要助成你的志愿,决不能因为舐犊之爱而掩没了我们的民族意识。

别矣,真儿!但愿你虚心学习,勿忘我平时所教训你的"有恒七分,达观三分",锻炼你的体魄,充实你的学问,造就一个强健而又智慧的现代青年,来为新中国而努力奋斗!

---

*本文为1939年6月4日王雨亭写给儿子王唯真的临别赠言。王唯真从小受到父亲爱国思想的熏陶,多次恳求父亲允许自己回国参加抗战。1938年10月,在王雨亭的陪同下,王唯真从菲律宾踏上归国征程。因为广州沦陷,直到1939年6月,他才从香港重新启程踏上去延安的路途。在香港分别时,父亲写下这封家书。

爱我们的祖国

邹韬奋

英勇卫国的民族战士，奋发英俊的千万青年，艰苦奋斗的沦区同胞，热诚爱国的海外侨胞——这许多广大的爱国民族是中华民国的广大而巩固的基础，是中华民族光明前途的骨干。这样的有着无限光明前途的祖国是我们所值得爱所不得不爱的！我们不否认中国

有着局部的黑暗，有着一时的逆流，但是我们只有共同努力消除这局部的黑暗，制止这一时的逆流，使我们的祖国渡过难关，踏上坦途，而不应该看到局部的黑暗、一时的逆流而忽视了中华民国仍然有着她的广大而巩固的基础，中华民族仍然有着她的光明前途的骨干，而发生消极或悲观的情绪，这绝对不是具有五千年文明历史的黄帝子孙所应有的态度。

我说不得不爱我们的祖国，这是因为身为中国人，只有使中国独立自由，个人在这世界上才能得到真正的保障。这种感觉，在海外的侨胞以及曾经到过国外游历视察的人所最深刻感到的。但是自从全面抗战发动以来，全国的许多同胞受到日本帝国主义者的摧残蹂躏、奸淫残杀。在这极惨酷的苦痛中使每一个中国人（汉奸当然除外）虽不出国门一步，也都能深深地感觉到祖国的可宝贵，都深深地感觉到争取祖国的独立自由是每一个中国人所不得不负起的重要责任。我们要做一个堂堂正正的人，就不得不爱我们的祖国！如今我们的祖国还有着这么广大的爱国民众做她的基础，还有着那么无限的光明前途，值得我们爱，这不是更使我们够兴奋的事情吗？

*1941年3月，辗转各地开展爱国救亡工作的邹韬奋来到香港，应邀在《华商报》上连载《抗战以来》这篇长文。《爱我们的祖国》是其中之一，发表于5月14日。本文为节选。

国敌家仇铸在心

钟敬之

传闻家庭巨变，房屋遭敌寇烧尽，人虽幸免于难，但衣物、器具悉付火中。思念及之，不禁泪下。我家何此不幸？本来生活艰难，已不堪其苦，今罹此种灾祸，日后怎能设想？况母亲已近花甲之年，年来又不断遭劫，其中痛苦，自可想见。愚兄身虽在数千里之外，心则无日不为慈亲而不安，而难过，而歉疚！徒以景况不济，势难救助，为之奈何！所幸吾弟现已安然逃出，希望即能就业，埋头技术学习，好好锻炼数年，将来总能为社会家庭出些力量。况你曾亲身经历此次浩劫，苦难算已受够，国敌家仇，铭铸在心，他日当不致有负慈母及愚兄之厚望也！

* 本文节选自 1941 年 9 月钟敬之从延安写给弟弟的信。

给流亡异地的东北同胞书

萧 红

记得抗战以后,第一个可欢笑的"九一八"是怎样纪念的呢?

中国飞行员在这天做了突击的工作。他们对于出云舰的袭击做了出色的成绩。

那夜里,江面上的日本神经质的高射炮手,浪费地惊恐地射着炮弹,用红色的绿色的淡蓝色的炮弹把天空染红了。但是我们的飞行员,仍然以精确的技巧和沉毅的态度(他们有好多是东北的飞行员)来攻击这摧毁文化、摧残和平的法西斯魔手。几百万的市民都仰起头来寻觅——其实他们什么也看不见的,但他们一定要看,在黑魆魆的天空里,他们看见了我们民族的自信和人类应有的光辉。

第一个煽惑起东北同胞的思想的是:

"我们就要回老家了!"

家乡多么好呀,土地是宽阔的,粮食是充足的,有顶黄的金子,有顶亮的煤,鸽子在门楼上飞,鸡在柳树下啼着,马群越着原野而来,黄豆像潮水似的在铁道上翻涌。

人类对着家乡是何等的怀恋呀,黑人对着"迪斯"痛苦的向往,爱尔兰的诗人夏芝[1]一定要回到那"蜂房一窠,菜畦九畴"的"茵尼斯[2]"去不可,水手约翰·曼殊斐尔[3]狂热地要回到海上去。

---

[1] 夏芝:即叶芝,全名威廉·勃特勒·叶芝,爱尔兰诗人、戏剧家、评论家。
[2] 茵尼斯:来源于叶芝创作的抒情诗《茵尼斯弗利岛》,反映了叶芝对故乡爱尔兰的思恋。
[3] 约翰·曼殊斐尔:英国桂冠诗人。

但是等待了十年的东北同胞，十年如一日，我们心的火越着越亮，而且路子显现得越来越清楚。我们知道我们的路，我们知道我们的作战的位置——我们的位置，就是站在别人的前边的那个位置。我们应该是第一个打开了门而是最末走进去的人。

抗战到现在已经遭遇到最艰苦的阶段，而且也就是最后胜利接触的阶段。在贾克伦敦[4]所写的一篇短篇小说上，描写两个拳师在冲击的斗争里，只系于最后的一拳。而那个可怜的老拳师，所以失败了的原因，也只在少吃了一块"牛扒"。假如事先他能吃得饱一点，胜利一定是他。中国的胜利是经过了这个最后的阶段，而东北人民在这里是决定的一环。

东北流亡同胞们，我们的地大物博，决定了我们的沉着毅勇，正如敌人的家当使他们急功切进一样。在最后的斗争里，谁打得最沉着，谁就会得胜。

我们应该献身给祖国做前卫工作，就如我们应该把失地收复一样，这是我们的命运。

东北流亡同胞们，为了失去的土地上的大豆、高粱，努力吧！为了失去的土地的年老的母亲，努力吧！为了失去的地面上的痛心的一切的记忆，努力吧！

---

*《给流亡异地的东北同胞书》发表于1941年9月1日。本文为节选。

---

[4] 贾克伦敦：美国作家。

囚 歌

叶 挺

为人进出的门紧锁着，
为狗爬走的洞敞开着，
一个声音高叫着：
爬出来呵，给尔自由！
我渴望着自由，
但也深知道
人的躯体哪能由狗的洞子爬出！
我只能期待着，那一天，
地下的火冲腾，
把这活棺材和我一齐烧掉，
我应该在烈火和热血中得到永生。

*1941年皖南事变后，时任新四军军长的叶挺，遭到国民党反动派长期的无理拘押。面对威逼利诱，他坚贞不屈。《囚歌》为他狱中所作。

黑水白山·调寄满江红

赵尚志

黑水白山，被凶残日寇强占。
我中华无辜男儿，备受摧残。
血染山河尸遍野，贫困流离怨载天。
想故国庄园无复见，泪潸然。

争自由，誓抗战。效马援，裹尸还。
看拼斗疆场，军威赫显。
冰天雪地矢壮志，霜夜凄雨勇倍添。
待光复东北凯旋日，慰轩辕。

> *1942年2月12日，赵尚志被打成重伤后遭逮捕。在敌人的审讯下，他大义凛然，并拒绝敌人的医治，最终不治身亡，时年三十四岁。这首诗表达了赵尚志对祖国的赤胆忠心与坚信革命必将胜利的信念。

狱中题壁

戴望舒

如果我死在这里，
朋友啊，不要悲伤，
我会永远地生存
在你们的心上。

你们之中的一个死了，
在日本占领地的牢里，
他怀着的深深仇恨，
你们应该永远地记忆。

当你们回来，
从泥土掘起他伤损的肢体，
用你们胜利的欢呼
把他的灵魂高高扬起。

然后把他的白骨放在山峰，
曝着太阳，沐着飘风：
在那暗黑潮湿的土牢，
这曾是他唯一的美梦。

*1942年春，戴望舒因在报纸上编发宣传抗战的诗歌被捕入狱，在身受酷刑、随时可能被处死之时，他怀着对祖国的热爱写下了这首诗。

囚徒歌

林基路

我噙泪低吟民族的史册，
一朝朝，一代代，
但见忧国伤时之士，
赍志[1]含忿赴刑场。
血口獠牙的豺狼，
总是跋扈嚣张。
哦！民族，苦难的亲娘！
为你那五千年的高龄，
已屈死了无数的英烈。
为你那亿万年的伟业，
还要捐弃多少忠良！
铜墙，困死了报国的壮志，
黑暗，吞噬着有为的躯体，
镣链，锁折了自由的双翅，
这森严的铁门，
囚禁着多少国士！
豆萁相煎，
便宜了民族仇敌。
无穷的罪恶，

---

[1] 赍（jī）志：怀抱着志愿。

终要叫种恶果者自食，

难闻的血腥，

用噬血者的血去洗。

囚徒，新的囚徒，

坚定信念，贞守立场！

砍头枪毙，告老还乡；

严刑拷打，便饭家常。

囚徒，新的囚徒，

坚定信念，贞守立场！

掷我们的头颅，

奠筑自由的金字塔，

洒我们的鲜血，

染成红旗，万载飘扬！

---

*1938年2月，林基路到新疆开展抗日民族统一战线工作。他的革命活动引起新疆反动军阀的不满。1942年9月，林基路被投进监狱。1943年，林基路在狱中用香灰头写下《囚徒歌》。

待凯旋以报父母恩

李云鹏

自儿离家已经年余，记得曾在本年四月间，于泗县郑集寄家信一封，不知大人收到否？回音否？如家音回报，可惜我也不能等收了，我已离开此地转入本省淮阴了。不知大人身体近来健康否？不知家中生活情形和收成怎样？更不知当地情形如何？儿在外甚为惦念之。儿在外身体很好，生活也很好，现在的我比从前粗壮而高大了，请大人不要为念。儿还在这里工作，工作也非常忙碌，我也非常高兴。此信致家不过慰问而已……未报此恩反而离家，是我之罪过也。待风息波静，凯然而归，全家团聚，以报此恩。

＊本文节选自李云鹏写给父母的信。1943年3月，日军第十七师团和伪军在苏北淮海区一带"扫荡"，李云鹏所在连队的八十二名壮士为掩护领导机关转移，全部壮烈殉国。八十二名烈士中，李云鹏是唯一留下家书的人。

警告中国抗战营垒内的奸细分子

续范亭

　　奸细分子们——汉奸们！你们听着：你们都是中国人、中华儿女，应该为中国尽忠，应该为祖国、为父母之邦尽忠。然而你们为什么走了汉奸的路子呢？我想都是因为思想糊涂，不明利害，爱占便宜，贪生怕死，误入歧途，受人挟制，为找个人出路，不顾国家存亡，认为当时可以荣华富贵，将来可以耀祖扬宗。

　　但是，这些想头都错了。你们看不见中国各处汉奸的下场吗？现在一批一批的汉奸，正被日寇杀戮。就我知道的，各战区都正在清洗。各处的汉奸官吏、流氓地痞们，都因为发了财，装满腰包，被日寇清洗杀掉了。荣华富贵，究在哪里？光祖耀宗，更说不上了！

…………

　　共产党是人类的新生命，无论任何国家都取消不了。中国的奸细们，你们的奢望也太大了！当然，你们也知道反共是反不了，不过借此达成你们破坏中国之目的，也就够了。但是你们这个目的是不能达到的，因为中国的人民已经觉醒了！六年余的团结抗战，还不是中国觉醒的人民支持的吗？中国的顽固分子，到底是少数的，况且他们也会因国内国外的环境好转而转变的。将来只有你们和最顽固不化的人，做了国家的罪人、世界的罪人，这是何等最不便宜的事！徒造一段最丑恶的历史罢了！

*1943年，国民党反动派掀起第三次反共高潮，叫嚣"解散"中国共产党。续范亭闻讯非常愤怒，在重病之下写下《警告中国抗战营垒内的奸细分子》。本文为节选。

新中国在望中

朱自清

抗战的中国在我们的手里,胜利的中国在我们的面前,新生的中国在我们的望中。

中国要从工业化中新生。我们要自己制造飞机、坦克车、军舰;我们要有自己的天,自己的地,自己的海。我们要有无数的"机器的奴隶"给我们工作;穿的,吃的,住的,代步的,都教它们做出来。我们用机器制造幸福,不靠神圣以及不可知的力量。

中国要从民主化中新生。贤明的领袖应该不坐在民众上头,而站在民众中间;他们和民众面对面,手挽手。他们拉着民众向前走,民众也推着他们向前走。民众叫出自己的声音，他们集中民众的力量。各级政府都建设在民众的声音和力量上，为了最大多数的最大幸福而努力。这是民治，民有，民享。

中国要从集纳化中新生。地广民众的中国要统一意志与集中力量，必得靠公众的喉舌，打通层层的壁垒。报纸将和柴米油盐并肩列为人们的"开门"几件事之一。这就是集纳化。报纸要表现时代，批评时代，促进时代；它不但得在四万万人的手里，并且得在四万万人的心里。它会给你知识，给你故事，给你诗，教导你，安慰你，帮助你认识时代，建立自己，建立国家。

是的，在我们面前的是胜利的中国，在我们望中的是新生的中国。可是非得我们再接再厉地硬干，苦干，实干，新中国不会到我们手里！

---

*1944年，在抗日战争胜利在望之时，朱自清满怀爱国之情写下《新中国在望中》，展望中国未来的美好前景。

述 志

陈嘉庚

领导南侨捐抗敌，会场鼓励必骂贼。
报章频传海内外，敌人恨我最努力。
和平傀儡甫萌芽，首予劝诫勿昧惑。
卖国求荣甘遗臭，电提参政攻叛逆。
强敌南侵星岛陷，一家四散畏虏逼。
爪哇避匿已两年，潜踪难保长秘密。
何时不幸被俘虏，抵死无颜谄事敌。
回检平生公与私，尚无罪迹污清白。
冥冥吉凶如有定，付之天命惧奚益？

*1944年4月，陈嘉庚在躲避日军追捕期间创作的《南桥回忆录》完成。在书稿的最后，他创作了这首诗。

遗　嘱

邹韬奋

　　我自愧能力薄弱，贡献微少，二十余年来追随诸先进，努力于民族解放、民主政治和进步文化事业，竭尽愚钝，全力以赴，虽颠沛流离，艰苦危难，甘之如饴。此次在敌后根据地视察研究，目击人民的伟大斗争，使我更看到新中国光明的未来。我正增加百倍的勇气和信心，奋勉自励，为我伟大祖国与伟大人民继续奋斗。但四五年来，由于环境的压迫，我的行动不能自由，最近更不幸卧病经年，呻吟床褥，竟至不起。但我心怀祖国，眷念同胞，愿以最沉痛迫切的心情，最后一次呼吁全国坚持团结抗战，早日实行真正的民主政治，建设独立自由幸福的新中国。我死后，希望能将遗体先行解剖，或可对医学上有所贡献，然后举行火葬，骨灰尽可能带往延安。请中国共产党中央严格审查我一生奋斗历史，如其合格，请追认入党，遗嘱亦望能妥送延安。

　　*1944年6月，邹韬奋在弥留之际，口述了这份遗嘱。本文为节选。

为人民服务

毛泽东

　　我们的共产党和共产党所领导的八路军、新四军，是革命的队伍。我们这个队伍完全是为着解放人民的，是彻底地为人民的利益工作的。张思德同志就是我们这个队伍中的一个同志。

　　人总是要死的，但死的意义有不同。中国古时候有个文学家叫作司马迁的说过："人固有一死，或重于泰山，或轻于鸿毛。"为人民利益而死，就比泰山还重；替法西斯卖力，替剥削人民和压迫人民的人去死，就比鸿毛还轻。张思德同志是为人民利益而死的，他的死是比泰山还要重的。

　　因为我们是为人民服务的，所以，我们如果有缺点，就不怕别人批评指出。不管是什么人，谁向我们指出都行。只要你说得对，我们就改正。你说的办法对人民有好处，我们就照你的办。"精兵简政"这一条意见，就是党外人士李鼎铭先生提出来的；他提得好，对人民有好处，我们就采用了。只要我们为人民的利益坚持好的，为人民的利益改正错的，我们这个队伍就一定会兴旺起来。

　　我们都是来自五湖四海，为了一个共同的革命目标，走到一起来了。我们还要和全国大多数人民走这一条路。我们今天已经领导着有9100万人口的根据地，但是还不够，还要更大些，才能取得全民族的解放。我们的同志在困难的时候，要看到成绩，要看到光明，要提高我们的勇气。中国人民正在受难，我们有责任解救他们，我们要努力奋斗。要奋斗就会有牺牲，死人的事是经常发生的。但是我们想到人民的利益，想到大多数人民的痛苦，我们为人民而死，就是死得其所。不过，我们应当尽量地减少那些不必要的牺牲。我们的干部要关心每一个战士，一切革命队伍的人都要互相关心，互相爱护，互相帮助。

今后我们的队伍里，不管死了谁，不管是炊事员，是战士，只要他是做过一些有益的工作的，我们都要给他送葬，开追悼会。这要成为一个制度。这个方法也要介绍到老百姓那里去。村上的人死了，开个追悼会。用这样的方法，寄托我们的哀思，使整个人民团结起来。

*1944年9月5日，张思德带领战士们执行烧炭任务时，即将挖成的窑洞突然塌方，他奋力把战友推出窑洞，自己却被埋，牺牲时年仅二十九岁。9月8日，张思德追悼大会举行，毛泽东发表了演讲《为人民服务》。

五四断想

闻一多

旧的悠悠死去,新的悠悠生出,不慌不忙,一个跟一个——这是演化。新的已经来到,旧的还不肯去,新的急了,把旧的挤掉——这是革命。

挤是发展受到阻碍时必然的现象,而新的必然是发展的,能发展的必然是新的,所以青年永远是革命的,革命永远是青年的。

新的日日壮健着(量的增长),旧的日日衰老着(量的减耗),壮健的挤着衰老的,没有挤不掉的。所以革命永远是成功的。

革命成功了,新的变成旧的,又一批新的上来了。旧的停下来拦住去路,说:"我是赶过路程来的,我的血汗不能白流,我该歇下来舒服舒服。"新的说:"你的舒服就是我的痛苦,你耽误了我的路程。"又把他挤掉……如此,武戏接二连三地演下去,于是革命似乎永远"尚未成功"。

让曾经新过来的旧的,不要只珍惜自己的过去,多多体念别人的将来,自己腰酸腿疼,拖不动了,就赶紧让。"功成身退"不正是光荣吗?"后生可畏,焉知来者之不如今也!"这也是古训啊!

其实青年并非永远是革命的,"青年永远是革命的"这定理,只在"老年永远是不肯让路的"这前提下才能成立。

革命也不能永远"尚未成功"。几时旧的知趣了,到时就功成身退,不致阻碍了新的发展,革命便成功了。

旧的悠悠退去,新的悠悠上来,一个跟一个,不慌不忙,哪天历史走上了演化的常轨,就不再需要变态的革命了。

但目前,我们用"挤"来争取"悠悠",用革命来争取演化。"悠悠"是目的，"挤"是达到目的的手段。

于是又想到变与乱的问题，变是悠悠的演化，乱是挤来挤去的革命。若要不乱挤，就只得悠悠地变。若是该变而不变，那只有挤得你变了。

子在川上，曰："逝者如斯乎，不舍昼夜！"古训也发挥了变的原理。

*1919年五四运动爆发时，闻一多正在美国人控制的清华园就读，在一些同学因受学校威吓，怕影响留美而徘徊不前时，他毫不犹豫地投入了这场爱国运动中。1945年，在五四运动二十六周年纪念大会举办后，闻一多写下了这篇文章。

伟大与渺小

臧克家

和伟大相反,我喜欢渺小,我想提倡一种渺小主义。一个浪花是渺小的,波浪滔天的海洋就是它集体动力的表现,一粒沙尘是渺小的,它们造成了巍峨的泰岱,一株小草也是一支造物的小旗,一朵小花不也可以壮一下春的行色吗?

我说的渺小是最本色的,最真的,最人性的,是恰恰反乎上面所说的那样的伟大的。一颗星星,它没有名字却有光,有温暖,一颗又一颗,整个夜空都为之灿烂了。谁也不掩盖谁,谁也不妨碍别人的存在,相反的,彼此互相辉映,每一个是集体中的一分子。

…………

当个人从大众中孤立起来,而以自己的所长比别人所短,他自觉是高人一头;把自己看作群众里面的一个,以别人的所长比自己的所短时,便觉得自己是渺小,人类的集体是伟大。我常常想,不亲自站在群众的队伍里面是比不出自己高低的;我常常想,站在大洋的边岸上向远处放眼的时候,站在喜马拉雅山脚下向上抬头的时候,才会觉得自己的渺小。因此,我爱大海,也爱一条潺潺的溪流;我爱高山,也爱一个土丘;我爱林木的微响,也爱一缕炊烟;我爱孩子的眼睛,我爱无名的群众,我也爱将军虎帐夜谈兵——如果他没有忘记他是个人。

我说的渺小是通到新英雄主义的一个起点。渺小是要把人列在一列平等的线上,渺小是自大、狂妄、野心、残害的消毒药,渺小是把人还原成人,是叫人看集体重于个人。当一个人为了群众,为了民族和国家，发挥了自己最大可能的力量，他便成为人民的英雄——新的英雄，这种英雄，不是为了自己，而是牺牲了自己，他头顶的光圈，是从人格和鲜血中放射出来的。

人人都渺小，然而当把渺小扩大到极致的时候，人人都可以成为英雄——新的英雄。

渺小的力量需要凝聚在一起，去创造新的纪元。

这世纪，是旧式的看上去伟大的伟人倒下去的世纪；这世纪，是渺小的人民觉醒的世纪；这世纪，是新英雄产生的世纪。

我如此说，如此相信。

*《伟大与渺小》发表于1945年7月15日《新华日报》。本文为节选。

"四八"烈士永垂不朽

周恩来

烈士们！同志们！你们的责任已尽。我敢向你们保证：有中国人民在，有中国共产党在，有中国一切民主党派和力量在，我们决不让反动派破坏政协、破坏停战、破坏整军的阴谋活动成功。你们坚持的方针，是全中国人民的方针。和平、民主终必会在全中国实现。

若飞[1]！你最后一席话，是为中国人民及其代表所受到统治者的压迫鸣不平的。我记住，我永远记住。我敢向你保证：万万以上的中国人民已经觉醒了，已经起来了，中国共产党在毛泽东同志思想领导下永远不会离开他们的。我们要为人民的中国、人民的世纪奋斗到底！

博古[2]！你是为修改宪草而粉身碎骨的。我记住，我永远记住。我敢向你保证：我们要为坚持完成一部民主宪法、建立民主中国而奋斗到底！

希夷[3]！你是人民队伍的创造者，北伐抗战，你为新旧四军立下了解放人民的汗马功劳。十年流亡，五年牢监，虽苍白了你的头发，但更坚强了你的意志。一出狱，你就要求重新入党。一见面，你就提到皖南死难同志，检讨皖南事变，要我交涉继续放人。我记住，我永远记住。我敢向你保证：我们要为保护人民队伍和释放一切政治犯而奋斗到底！

---

[1] 若飞：即王若飞，无产阶级革命家、杰出的政治活动家。
[2] 博古：即秦邦宪，中国共产党早期领导人之一。
[3] 希夷：即叶挺，开国军事家之一。

邓发[4]！你是工人队伍里培养出来的领袖，最后，你为中国工人阶级联合战线同时也是为世界工人阶级联合战线，建立了光辉的成绩。但是这成就刚刚开始，你竟一去不返。为继续和发扬这一成就，我敢向你保证：我们要为中国和世界的职工联合运动的彻底成功而奋斗！

一切飞延遇难的中美朋友、同志！你们每一个人的优点和成就，都是人民中的希望。我们要向你们学习。我们要继续你们遗留下来的为人民教育服务、为革命工作努力、为培养革命后代而自我牺牲、为努力中美合作而奋不顾身的精神，并把它们永远坚持下去。

我们要将一切悲痛化成团结的力量，向一切反动派搏斗！

和平民主，就是你们的旗帜！"四八"烈士永垂不朽！

*1946年4月8日，王若飞、秦邦宪等参加完重庆谈判后，乘飞机返回延安时遇难。4月19日，重庆各界举行追悼"四八"烈士的大会，周恩来发表了《"四八"烈士永垂不朽》。本文为节选。

[4] 邓发：中国工人运动的领袖之一。

国家的前途寄托在青年一辈身上

邓 发

抗战八年[1]，我虽未死于战场，但头发却已斑白了，但我比起遭难的同胞，战场牺牲之英雄，不但算不得什么，而且感到无限惭愧！国家所受破坏是惨重的，人民的牺牲，房舍的被蹂躏，这一切固然付出了巨大的代价，然而中华民族不但在东方而且在全世界站立起来了。倘若国内和平建设十年八年，中国就会成为世界头等强国，人民生活文化将大大地提高。国家未来的伟大前途都寄托在你们青年一辈的身上。现在你在高中肄业当然很好，如果可能的话，我希望你能进大学。同时希望你除功课之外，应多阅些课外书籍和文学著作，以增加一些课外知识。

宏贤叔父在努力办学，这是个好消息，你若有暇，应帮助叔父，一则可以锻炼办事本领，二则可予叔父一些鼓励。我不敢对你有所指教，只提供一点意见作你参考而已。

*1946 年，邓发出席巴黎世界职工代表大会后返回重庆。在重庆，他写了这封给在香港读书的堂弟的家书。

---

[1] 抗战八年：实为抗战十四年，即 1931 年至 1945 年。

鼓起你的劲儿踏上你的长路

叶剑英

爸爸有你而感觉骄傲。鼓起你的劲儿，踏上你的长路。这不是日暮途远呀！红日恰在东升。阳光照着艰险的途程，比起黑夜里摸索，要便宜得万万千千。急进吧！追上那先头出发的人们。急进吧！再追上一程。那里有广漠无边的地盘，等待着你们去开垦。那里有大批优良的种子，等待着你们去拿回来散布，赶上春耕。人民要翻身了，许多人已经翻了身。敌人着慌了，不顾一切地起来做绝望的抗衡。这是人类历史上最热闹的场面。急进吧！再追上一程。我们不是速胜论者。欢迎你们能够赶上这一场翻天覆地的斗争。我想，你们没有一个是"坐享其成"的人。你们是铁中铮铮。

* 本文为叶剑英1946年12月6日写给女儿叶楚梅的一封信。叶剑英以热情、激扬的文字鼓励女儿积极参加革命斗争。

论气节

朱自清

向来论气节的，大概总从东汉末年的党祸起头。那是所谓处士横议的时代。在野的士人纷纷地批评和攻击宦官们的贪污政治，中心似乎在太学。这些在野的士人虽然没有严密的组织，却已经在联合起来，并且博得了人民的同情。宦官们害怕了，于是乎逮捕拘禁那些领导人。这就是所谓"党锢"或"钩党"，"钩"是"钩连"的意思。从这两个名称上可以见出这是一种群众的力量。那时逃亡的党人，家家愿意收容着，所谓"望门投止"，也可以见出人民的态度，这种党人，大家尊为气节之士。气是敢作敢为，节是有所不为——有所不为也就是不合作。这敢作敢为是以集体的力量为基础的，跟孟子的"浩然之气"与世俗所谓"义气"只注重领导者的个人不一样。后来宋朝几千太学生请愿罢免奸臣，以及明朝东林党的攻击宦官，都是集体行动，也都是气节的表现。但是这种表现里似乎积极的"气"更重于消极的"节"。

在专制时代的种种社会条件之下，集体的行动是不容易表现的，于是士人的立身处世就偏向了"节"这个标准。在朝的要做忠臣。这种忠节或是表现在冒犯君主尊严的直谏上，有时因此牺牲性命；或是表现在不做新朝的官甚至以身殉国上。忠而至于死，那是忠而又烈了。在野的要做清高之士，这种人表示不愿和在朝的人合作，因而游离于现实之外；或者更逃避到山林之中，那就是隐逸之士了。这两种节，忠节与高节，都是个人的消极的表现。忠节至多造就一些失败的英雄，高节更只能造就一些明哲保身的自了汉，甚至于一些虚无主义者。原来气是动的，可以变化。我们常说志气，志是心之所向，可以在四方，可以在千里，志和气是配合着的。节却是静的，不变的；所以要"守节"，要不"失节"。有时候节甚至于是死的，死的节跟活的现实脱了榫，于是乎自命清高的人结果变了节，冯雪峰先生论到周作人，就是眼前的例子。从统治阶级的立场看，"忠言逆耳利于行"，忠臣到底是卫护着这个阶级的，而清高之士消纳了叛逆者，也是有利于这个阶级的。所以宋朝人说"饿死事小，失节事大"，原先说的是女人，后来也用来说士人。这正是统治阶级代言人的口气，但是也表示着到了那时代士的个人地位的增高和责任的加重。

....

然而士终于变质了，这可以说是到了民国时代才显著。从清朝末年开设学校，教员和学生渐渐加多，他们渐渐各自形成一个集团；其中有不少的人参加革新运动或革命运动，而大多数也倾向着这两种运动。这已是气重于节了。等到民国成立，理论上人民是主人，事实上是军阀争权。这时代的教员和学生意识着自己的主人身份，游离了统治的军阀；他们是在野，可是由于军阀政治的腐败，却渐渐获得了一种领导的地位。他们虽然还不能和民众打成一片，但是已经在渐渐地接近民众。五四运动划出了一个新时代。自由主义建筑在自由职业和社会分工的基础上。教员是自由职业者，不是官，也不是候补的官。学生也可以选择多元的职业，不是只有做官一路。他们于是从统治阶级独立，不再是"士"或所谓"读书人"，而变成了"知识分子"，集体的就是"知识阶级"……若用气节的标准来衡量，这些知识分子或这个知识阶级开头是气重于节，到了现在却又似乎是节重于气了。

知识阶级开头凭着集团的力量勇猛直前，打倒种种传统，那时候是敢作敢为一股气。可是这个集团并不大，在中国尤其如此，力量到底有限，而与民众打成一片又不容易，于是碰到集中的武力，甚至加上外来的压力，就抵挡不住。而一方面广大的民众抬头要饭吃，他们也没法满足这些饥饿的民众。他们于是失去了领导的地位，逗留在这夹缝中间，渐渐感觉着不自由，闹了个"四大金刚悬空八只脚"。他们于是只能保守着自己，这也算是节罢；也想缓缓地落下地去，可是气不足，得等着瞧。可是这里的是偏于中年一代。青年代的知识分子却不如此，他们无视传统的"气节"，特别是那种消极的"节"，替代的是"正义感"，接着"正义感"的是"行动"。其实"正义感"是合并了"气"和"节"，"行动"还是"气"。这是他们的新的做人的尺度。等到这个尺度成为标准，知识阶级大概是还要变质的罢？

---

　　*1947年4月9日，朱自清应通俗学识社邀请在庆祝西南联大新诗社成立三周年纪念会上发表演讲。本文节选自该演讲。

迎接胜利

何雪松

乌云遮不住太阳，
冰雪锁不住春天，
铁牢——
关住了战士的身子，
关不住要解放的心愿。
不怕你豺狼遍野，荆棘满江，
怎比得，
真理的火流，革命的烈焰。
看破晓的红光，
销铄了云层，
解放的歌声，
响亮在人间，
用什么来迎接我们的胜利？
用我们不屈的意志，
坚贞的信念！

＊1948年，中国人民解放军在东北、华北战场上节节胜利。消息传至重庆，何雪松抑制不住激动的心情，在狱中写下了这首诗。

把牢底坐穿

何敬平

为了免除下一代的苦难,
我们愿——
愿把这牢底坐穿!
我们是天生的叛逆者,
我们要把这颠倒的乾坤扭转!
我们要把这不合理的一切打翻!
今天,我们坐牢了,
坐牢又有什么稀罕?
为了免除下一代的苦难,
我们愿——
愿把这牢底坐穿!

*1948年4月,因被叛徒出卖,何敬平被特务逮捕,囚禁于渣滓洞监狱。在狱中,他备受酷刑,仍坚贞不屈,同敌人进行了顽强斗争。《把牢底坐穿》是他在狱中写就。

我们也有一面五星红旗

罗广斌

我们有床红色的绣花被面，
把花拆掉吧，这里有剪刀。
拿黄纸剪成五颗明亮的星，
贴在角上，
再找根竹竿，就是帐竿也罢！
瞧呀，这是我们的旗帜！
鲜明的旗帜，猩红的旗帜，
我们用血换来的旗帜！
美丽吗？看我挥舞它吧！
别要性急，把它藏起来呀！
等解放大军来了那天，
在敌人的集中营里，
我们举起大红旗，
洒着自由的眼泪，
一齐冲出去！

*1949年10月7日，在重庆歌乐山下的白公馆监狱里，难友们得知新中国成立的消息后，制作了一面五星红旗，参与制作红旗的罗广斌创作了这首诗。

红色基因传承
系列丛书

我有了祖国

李健吾

过去，我是中国人，我活在中国，但是作为一个国家，中国在我身边，没有骄傲给我。

而且，在这样一个封建国度，所谓"管理众人之事"的反动统

治阶级，做到的只是管理"数"人之事，配合帝国主义，养肥了一个新兴的剥削阶级：官僚资本家！什么人民的利益、政治的独立、国家的荣誉，到了紧要利害关头，完全成了私人算盘上高低的滚珠。写到这里，我为自己，也为过去所有"顺民"，不寒而栗！

然而，现在，我有了祖国！一个我要喊给全世界听的祖国！一个让我打心里骄傲的祖国！从前它对我只是土地和民族，这一年来，祖国给我添了一个崭新的辉煌的意义：政治！在反动统治下，那一直让我感到愧疚而又无法掩饰的隐痛所在，如今散失了。我可以挺起胸脯，走在群众行列，兴奋而又荣耀地喊着：中华人民共和国万岁！

它是我的，是我们人民的。在这个祖国，人民翻身了！而且，更光荣的是，我们的祖国走在全世界最进步的行列中了！从前没有国家拿它当作国家看待！如今没有人敢拿俏皮话挖苦我心爱的祖国了——你敢伸出肉拳头；我们的政府和战士就和人民紧紧团成一个铁拳头，将你的肉拳头捶成烂浆！

* 中华人民共和国的成立带给李健吾莫大的欢喜，为此，在中华人民共和国成立一周年时，他在《解放日报》上发表了《我有了祖国》。本文为节选。

战斗在汉江南岸

魏 巍

敌人离汉城最近处不过十五公里，离汉江还要近些。美国侵略军的指挥官们早可以从望远镜里看见汉城了，如果开动吉普车，可以用不到二十分钟。可是他们不是用了二十分钟，他们是用了九个多师的兵力，用了二十天的时间，用了一万一千多暴徒的血，涂满了这些银色山岭上的冰雪，可是他们从望远镜里所看到的汉城，并不比二十天以前近多少。

这是为什么呢？为什么这个大名鼎鼎的帝国主义，二十多万军队二十多天连十多公里都走不了呢？

是他们的炮火不行吗？不是。他们的炮火确实凶恶得很。他们能够把一个山头打得白雪变黑雪，旧土变新土，松树林变成高粱楂子，松树的枝干倒满一地。假若他们能够把全世界上的钢铁，在一小时内倾泻到一块阵地上的话，也是不会吝惜的。可是，他们还是不能前进。

是因为他们的飞机不多吗？不行吗？或者是它们和地面的配合不好吗？也不是。他们的飞机独霸天空，跟地面的配合也并不坏。他们可以任意把我们的前沿阵地和前线附近的村庄，投上重磅炸弹和燃烧弹，使每一块阵地都升起火苗，可以把长着茂草的山峰，烧得乌黑。

这样，他们能够前进了吗？仍然不能！

那么，是因为他们攻得不疯狂吗？更不是。一般说，当他们的第一次冲锋被击溃之后，第二次冲锋组织得并不算太迟慢。开始他

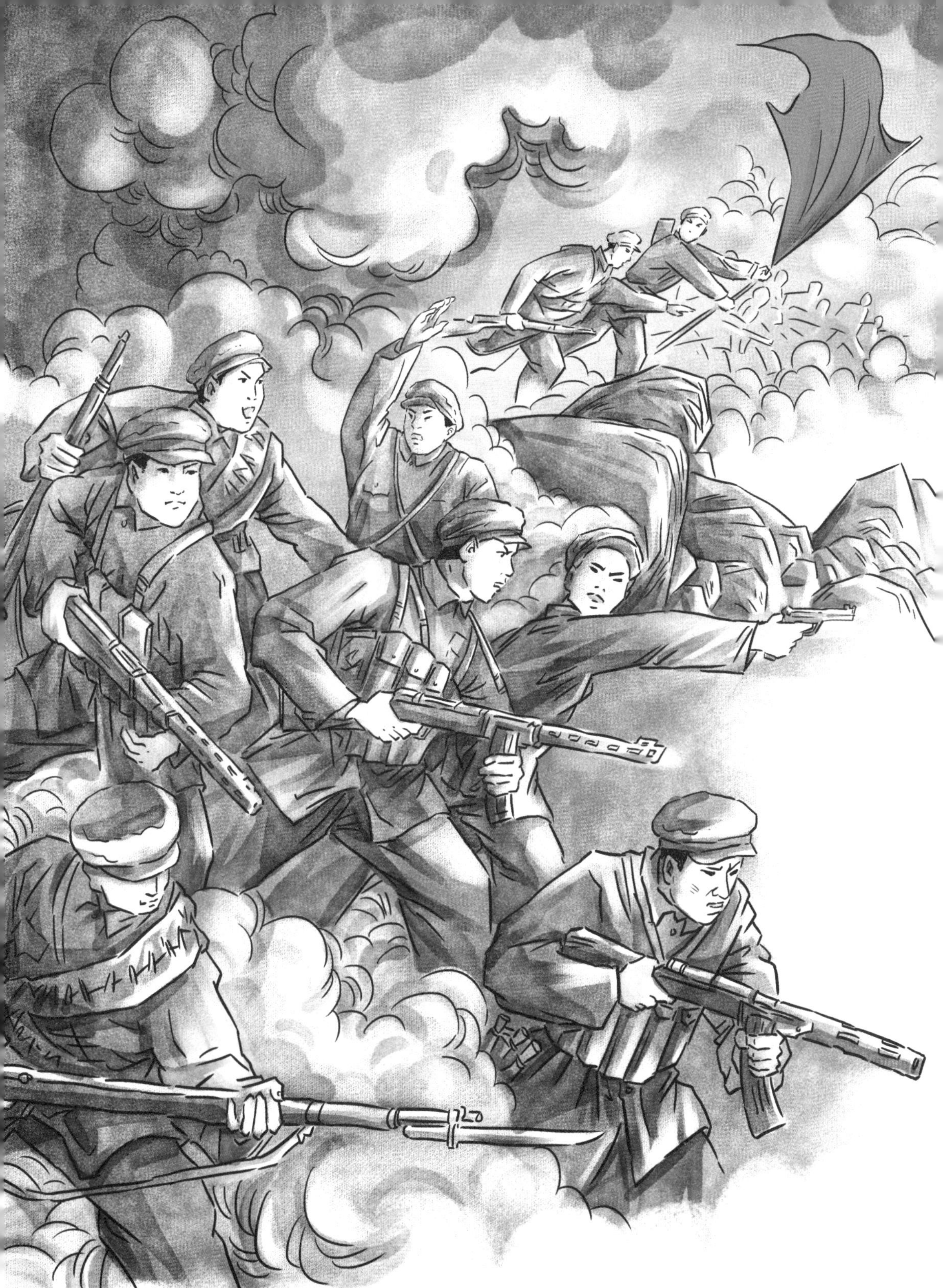

们每天攻两三次，以后增加到五六次、七八次，甚至十几次。在我们阵地前，尽管美国人的死尸已经阻塞了他们自己进攻的道路，但他们还是用火的海、肉的海，向我们的滩头阵地冲击。最后，他们的攻击，已经不分次数，在我们弹药缺乏的某些阵地上，他们逼着李伪军和我胶着起来，被我打退后，就停留在距我五十公尺外修建工事，跟我们扭击。他们的飞机、炮火，可以不分日夜，不分阴晴，尽量地轰射。夜间，他们拉起照明弹、探照灯的网。最后，他们又施放了毒气。你们看，除了原子弹，他们所有的都拿出来了，他们所能够做的，都毫无遗漏地做了，他们的攻击可以说是不疯狂吗？

可是，他们前进了没有呢？没有。

那么，到底是因为什么呢？原因很简单，这就是在敌人面前，在汉江南岸狭小的滩头阵地上，隐伏着世界上第一流勇敢的军队，隐伏着为毛泽东思想武装的、具有优越战术素养的英雄的人！

*《战斗在汉江南岸》创作于1951年3月16日，是魏巍根据对汉江南岸坚守防御作战的指战员的采访所作。本文为节选。

青年要在祖国建设中尽到责任

刘少奇

作为党的助手和后备军，中国新民主主义青年团的全体团员就要努力学习马克思列宁主义，提高自己的共产主义的觉悟程度。青年团员要努力学习马克思、恩格斯、列宁、斯大林的伟大的学说，学习毛泽东同志的著作，学习各种科学知识特别是苏联的先进科学和技术的知识，学习党和国家各种政策的知识，学习各种生产业务和各种工作业务的知识。

青年团员要永远记住列宁的教导：学习、学习、再学习。这就是青年团员的重大任务。

作为党的助手和后备军，中国新民主主义青年团的全体团员就要巩固自己的组织，为自己组织的纯洁性和严肃性而斗争。青年团员要学会运用批评和自我批评的方法去和一切损害人民事业与党的事业的不良现象进行斗争。青年团员要在自己的队伍中锻炼纪律性和组织性，培养忠于祖国、忠于人民、忠于党的事业的道德品质，发扬艰苦朴素的、实事求是的、密切联系群众的作风。青年团员要努力使青年团在政治上、组织上和思想上成为中国青年运动中的更加巩固的骨干力量，并从而使全国青年成为祖国各种战线上的一支强大的突击力量。

作为党的助手和后备军，中国新民主主义青年团的全体团员就要高度地发扬爱国主义和国际主义的精神，把保卫祖国、建设祖国的伟大事业与保卫世界和平的伟大事业紧密地联系起来，学习苏联列宁共产主义青年团的光辉榜样，继续与和平、民主、社会主义阵营各国的青年以及世界其他国家的先进青年团结一心,为保卫世界和平、争取人类美好的将来而奋勇前进!同志们!斯大林同志说过:青年是我们的将来,我们的希望。我们的党和我们的祖国对于青年正是寄托着无限的信赖和希望的。我们完全相信,中国新民主主义青年团在党的领导下,一定会善于团结全国的青年,在我们伟大祖国的建设事业中尽到自己的责任。

*1953年6月23日至7月2日,中国新民主主义青年团第二次全国代表大会在北京召开,刘少奇代表中共中央致祝词。本文节选自该祝词。

草地颂歌

宋之的

草地的心脏，纵横平均约六百里，是沼泽的家乡。红军把它叫作水草地。水草地的气候变幻莫测，日日年年，时时刻刻，都是忽风忽雨，忽霜忽雪，要不，就是一场大冰雹。天是看不到的，所谓天，乃是笼罩在无际草原上的阴沉寒栗的迷雾。地是可以看到的，所谓地，往往就是掩覆在丛密草原下的如胶似漆的泥泞的陷坑。草原无处不是水，但对于人类的生存说，却等于没有一滴水。水的颜色是淤黑的，或者是浑赭的，不只是喝了会中毒，即需要蹚水而过的时候，也要极度小心。假如有谁的脚给水草划破了，那么，继之而来的就会是绝望的溃烂！草原似乎到处都是路，但连真正的路，走起来那种乱颤悠的程度，也宛若走上了悬在半空中的绳索。走这样的路，需要积累一种非凡的技巧和经验。路面的坚韧仅只是由于草根的联结，下面是不知有多少深的污泥塘！但即使是这样的路吧，它究竟在哪儿呢？在无际的草原上，哪儿才由于草根的联结，能够支持一个人的重量呢？据说，在草地，能辨认这种真正的路的，直到今天，还只有生长在草原上的最富有经验的牦牛。然而，根据若干历史文献的记载，似乎红军当时并没有得到过这种牦牛。在草地，红军前进的道路，是靠了自己开辟的。

诗人说："蜀道之难，难于上青天！"但诗人没有想到，在蜀道之侧，就是草地。草地之难，不仅难于根本没有路，更难于根本看不到天。

红军之难，不只难在白天要探索着走在这样的路上，还难在入夜就要露天地睡在这样泥泞的路上。红军过草地，已经是八月底了。但我们知道，草地居民，即使是在盛暑的时刻，也是离不开皮袄的。海拔三千至四千公尺的高原气候，本来是险恶的，而八月底，在草地，那已经是大风雪的季节了。红军英雄们，经过了将近一年的千万里征战，身上本来是单薄的。而这时候，不只没有足以御寒的皮衣，就连单衣，也早已四分五裂，难以蔽体了。入夜，草原上狂风骤起，雨雪纷飞，什么是英雄们躲避刺骨的风雪的地方呢？英雄们每夜每夜，都是三三两两，在潮湿的草地上，背对背地坐着睡的。这样的相互依傍，是为了相互吸收一点发自彼此体内的同志热！那时，红军战士说了一句笑话：我们唯一能够借以取暖的，只有同志们的脊背！没有柴，偶尔捡到一小束柴，因为风雪太大也不易燃烧；没有水，偶尔有了一茶缸子水，因为高原气候，也不易煮沸！出发的时候，人人的背上都背了一小袋青稞麦粉的，但是几天以后，经过了日日夜夜那无情的雨水的浇淋，麦粉也不知给搅和成了什么东西了。谁有青稞麦吗？要能用冰水送一点到肚子里去，那就等于是上了天堂了。

而英雄们还必须时刻准备着，准备着随时迎击在草地上那出没无常的敌人骑兵的袭击！

是什么样的一种革命英雄的气魄呀！

*1955年，宋之的沿着红军长征路线旅行，写了特写集《沿着红军战士的脚印》。《草地颂歌》为其中的一篇。本文为节选。

写给向科学堡垒进攻的青年们

华罗庚

亲爱的青年们，现在请允许我攻攻你们的缺点吧！我今天要提两点：

有些青年对循序渐进了解得不够深入，他认为在中学里他是好学生，在大学里也名列前茅。如此可算得循序渐进了吧！是的，形式上是的。但是，如果要从事研究工作，希望有所创造发明的话，要求还要高些。我们要求不只考得好，还能融会贯通。就像对小学生不光要求他识字，还要求字搬了家也能认识。我们要求能够说得出书上的最主要的关键是什么，主要的定理、定律、方法和证明是如何获得的。科学中的每一发明都不是仅靠一时"灵感"或"启发"得来的，而是靠丰富的感性知识，并靠从这些知识中反复归纳和研究而得出的，其经过往往是一步一步地逼近，或者是推翻了不少推测和假设而得来的。

第二点，独立思考能力也是大学生所亟需培养的。一切从事科学研究工作的青年都必须具备这个能力。科学研究工作必须有开创的本领。而开创的本领往往不是旁人所能帮助的。今天有导师可能帮助一些，但一旦赶上或超过了导师的水平，就没人能帮助你了。就现在中国科学和社会的发展情况来看，超过导师的情况是完全可能的，并且是一定会超过的。因为今天的青年有党和政府的关怀，有马克思列宁主义的武装，不会或很少会走弯路。何况，在我国今天很多科学门类中存在着很多空白点，都亟待我们摸索前进。

青年们！不要害怕，缺点总是有的，但是也总是可以克服的，这些缺点我们也负有责任帮助你们来克服！

你们是毛泽东时代的青年，你们是在党和政府关怀之下成长的！老实说：我是十分羡慕你们的。就在你们这一代，我国的科学将赶上世界先进水平。并且在你们之中一定会出现不少在世界科学舞台上突出的大科学家，会给祖国带来很多很高的荣誉，会给人民带来更多更丰富的科学成果。再过若干年，你们会发现在你们中间有成批的世界上著名的科学家。

亲爱的同志们，让我们在一起为了祖国，为了社会主义事业共同前进吧！

*1956年，中共中央提出"向现代科学进军"的口号，华罗庚作为老一辈科学家，写了《写给向科学堡垒进攻的青年们》。本文为节选。

社稷坛抒情

秦　牧

　　瞧着这个社稷坛，你会想起了中国的泥土，那黄河流域的黄土，四川盆地的红壤，肥沃的黑土，洁白的白垩土……你会想起文学里许许多多关于泥土的故事：有人包起一包祖国的泥土藏在身旁到国外去；有人临死遗嘱必须用祖国的泥土撒到自己胸上；有人远适异国归来，俯身亲吻了自己国门的土地。这些动人的关于泥土的故事，使人对五色土发生了奇异的感情，仿佛它们是童话里的角色，每一粒土壤都可以叙述一段奇特的故事，或者唱一首美好的诗歌一样。

　　瞧着这个紧紧拼合起来的五色土坛，一个人也会想起了国土的统一。在我们的土地上，为了统一而发生的战争该有多少万次呀！然而严格说来，历史上的中国从来没有高度统一过。四分五裂，豪强纷纷划地称王的时代不去说它了，可怜的供主像傀儡似的住在京都，整天送猪肉、龟肉慰问跋扈的诸侯的时代不去说它了，就是号称强盛统一的时代，还不是有许多拥兵自重的藩镇，许多专权用事的贵戚，许多地方的豪霸，在他们的领地里当着小皇帝，使中央号令不行，使国中还有许许多多的小国。中国历史上没有一个时期像今天这样高度统一过，等我们解放了台湾和一些沿海岛屿以后，这种统一的规模就更加空前了。古代思想家的预言："不嗜杀人者能一之。"由于不剥削人的无产阶级登上了历史舞台，竟使这一句话在两千多年后空前地应验了。

我在这个土坛上低徊漫步，想起了许许多多的事情。我们未必"前不见古人，后不见来者"，凭着思想和激情的羽翼，我们尽可去会一会古人，见一见来者。我仿佛曾经上溯历史的河流，看见了古代的诗人、农民、思想家、志士，看他们的举动，听他们的声音，然后又穿过历史的隧洞，回到阳光灿烂的现实。啊，做一个历史悠久的民族的子孙是多么值得自豪的一回事！做今天的一个中国的儿女是多么值得快慰的一回事！回溯过去，瞻望未来，你会觉得激动，很想深深呼吸一口新鲜的空气，想好好地学习和劳动，好好地安排在无穷的时间之中一个人仅有一次，而我们又恰恰生逢其时的宝贵的生命。

啊，这座发人深思的社稷坛！

---

* 中华人民共和国成立以后，中共中央号召人民学习科技文化以更好地建设社会主义，秦牧便与许多作家踊跃投身于这一潮流，写下了不少散文，以抒发自己的感怀，作于1956年的《社稷坛抒情》便是其中之一。本文为节选。

依依惜别的深情

魏 巍

我在凯歌声里来到了朝鲜。我又看到了这里的人民，这里的山水。多明丽的秋天哪，这里，再也不是焦土和灰烬，这是千万座山冈都披着红毯的旺盛的国土。那满身嵌着弹皮的红松，仍然活着，傲立在高高的山岩上，山谷中汽笛欢腾，白鹭在稻田里缓缓飞翔。在那山径上，碧水边，姑娘们飘着彩色长裙，顶着竹篮、水罐，走回开满波斯菊的家园。看到这种种情景，回想起朝鲜人民的遭遇，真叫人说不尽的激动，说不尽的欢欣！

可是，在这些日子，在志愿军就要跟他们分手的日子，深深的离情却牵着他们的心。他们可以承担一个浩大的战争，可以承担重建家园的种种艰辛，可是却承担不了如此沉重的离情。志愿军也是这样。他们在远离祖国的八年中，时时想着祖国，念着祖国，可是，当他们一旦要离开这结下生死之谊的人民，却是无限地依恋。

用什么来表达自己的心意呢，战士们又有什么呢，他们只有一双结着硬茧的手，一颗赤诚的心。在这离别以前的有限时刻里，我看见他们在日夜辛忙。人民军的战友们就要接防来了，他们把营房刷了一遍又一遍，就是墙上溅了几个泥点，也要重新刷过，就是一把水壶，也要把它擦亮。为了美化营地，他们简直成了传说中炼石补天的女神。他们从东山爬到西山，从北岭奔到南河，采来了红石、白石、黄石、绿石，还挖来了苔藓的青茸，给每座房舍的四围都镶了花边，给每座院心都修了花坛，说是花坛，实在是一幅幅绣在地上的彩画。这里有龙、凤、狮、虎，有白兔、彩蝶，有水中青莲，有雪地红梅,还有白云缭绕的天安门和牡丹峰。如果你走近细看,就更会看出战士们的苦心:他们是用手电泡涂了红漆,做成小白兔的眼睛;把瓶口切下来,镶上花瓷碗片,做成了蝴蝶翅上的花点;就是在那漱口池里,也砌了红日、雄鸡和"早晨好"的祝词。正像战士诗里说的"园地道路作锦绸,摆花好似坐绣楼",这里的一花一叶,都渗透着战士们的汗水和深情!

*《依依惜别的深情》创作于1958年11月7日,表现了中国人民志愿军离开朝鲜时,和朝鲜人民依依惜别的情景。本文为节选。

松树的风格

陶 铸

要求于人的甚少,给予人的甚多,这就是松树的风格。

鲁迅先生说的"我吃的是草,挤出来的是牛奶、血",也正是松树的风格的写照。

自然,松树的风格中还包含着乐观主义的精神。你看它无论在严寒霜雪中和盛夏烈日中,总是精神奕奕,从来都不知道什么叫作忧郁和畏惧。

我常想:杨柳婀娜多姿,可谓妩媚极了,桃李绚烂多彩,可谓鲜艳极了,但它们只是给人一种外表好看的印象,不能给人以力量。松树却不同,它可能不如杨柳与桃李那么好看,但它却给人以启发,以深思和勇气,尤其是想到它那种崇高的风格的时候,不由人不油然而生敬意。

我每次看到松树,想到它那种崇高的风格的时候,就联想到共产主义风格。

我想:所谓共产主义风格,应该就是要求人的甚少,而给予人的却甚多的风格;所谓共产主义风格,应该就是为了人民的利益和事业不畏任何牺牲的风格。

每一个具有共产主义风格的人,都应该像松树一样,不管在怎样恶劣的环境下,都能茁壮地生长,顽强地工作,永不被困难吓倒,永不屈服于恶劣环境。每一个具有共产主义风格的人,都应该具有松树那样的崇高品质,人们需要我们做什么,我们就去做什么,只要是为了人民的利益,粉身碎骨,赴汤蹈火,也在所不惜;而且毫无怨言，永远浑身洋溢着革命的乐观主义的精神。

具有这种共产主义风格的人是很多的。在革命艰苦的年代里，在白色恐怖的日子里，多少人不管环境的恶劣和情况的险恶，为了人民的幸福，他们忍受了多少的艰难困苦，做了多少有意义的工作啊！他们贡献出所有的精力，甚至最宝贵的生命。就是在他们临牺牲的一刹那间，他们想的不是自己，而是人民和祖国甚至全世界的将来。然而，他们要求于人的是什么呢？什么也没有。这不由得使我们想起松树的崇高的风格！

目前，在社会主义革命和社会主义建设的日子里，多少人不顾个人的得失，不顾个人的辛劳，夜以继日，废寝忘食，为加速我们的革命和建设而不知疲倦地苦干着。在他们的意念中，一切都是为了把社会主义革命进行到底，为了迅速改变我国"一穷二白"的面貌，为了使人民的生活过得更好。这又不由得使我们想起松树的崇高的风格！

具有这种风格的人是越来越多了。这样的人越多，我们的革命和建设也就会越快。我希望每个人都能像松树一样具有坚强的意志和崇高的品质；我希望每个人都成为具有共产主义风格的人。

*《松树的风格》发表于1959年2月28日《人民日报》。本文为节选。

永远不能忘记的日子

雷 锋

1960年11月8日,是我永远不能忘记的日子。今天,我光荣地加入了伟大的中国共产党,实现了自己最崇高的理想。

我激动的心啊!一时一刻都没有平静。伟大的党啊!英明的毛主席,有了您,才有了我的新生命。我在九死一生的火坑中挣扎和盼望光明的时刻,是您把我拯救出来,给我吃的,穿的,还送我上

学念书。我念完了高小，戴上了红领巾，加入了光荣的共青团，参加到了祖国的工业建设，又走上了保卫祖国的战斗岗位。在您的不断培养和教育下，我从一个孤苦伶仃的穷孩子，成长为一个有一定知识和觉悟的共产党员。

伟大的党啊，您是我慈祥的母亲，我所有的一切都是属于您的，我要永远听您的话，在您的身下尽忠效力，永做您忠实的儿子。

今天我入了党，我变得更加坚强，思想和眼界变得更加开朗和远大。我是一个共产党员，人民的勤务员，为了全人类的自由、解放、幸福，哪怕高山、大海、巨川，为了党和人民的事业，就是入火海进刀山，我甘心情愿，头断骨粉，身红心赤，永远不变。

*本文为雷锋1960年11月8日的日记，表现了雷锋成为一名共产党员的激动的心情。

五星红旗在天安门前升起

李水清

  1949年10月1日，我们伟大的中华人民共和国诞生了。

  这天一大早，我们全师指战员，穿着崭新的军装，满怀兴奋，列队肃立在天安门前。天安门焕然一新：光亮耀眼的琉璃瓦，吊着金黄流苏的大红宫灯，朱红的宫墙，汉白玉的玉带河桥，秀丽挺拔的华表，都放出夺目的光彩。天安门，真是雄伟壮丽！挂在天安门城楼上的毛主席巨幅画像，是一切的中心，赋予天安门以新的生命、新的意义。参加检阅的部队，人人精神抖擞，意气风发，等待着毛主席等党和国家领导人的检阅。虽然我们都刚从战火纷飞的前线赶来，还带着满身的硝烟，但是，整齐的行列，雄伟的阵容，充分显示了我军的强大。中国人民就是凭着这样一支由毛泽东等同志缔造的英雄部队，战胜了国内外强大的敌人，取得全国的胜利。

  "轰！轰！轰……"五十四门礼炮齐鸣了二十八响。二十八响，二十八年啊！我们党经历了多么艰难曲折而又漫长的道路，领导着中国人民，前仆后继，英勇奋斗，终于扳倒了压在中国人民头上的三座大山，推动了时代的巨轮，争得今天！

  庄严嘹亮的国歌声，响彻天安门上空。人们屏息凝神，望着一面巨大的五星红旗，在天安门前冉冉升起。红旗的色彩，鲜艳绚丽，红旗的光辉，铺天盖地。中国人民从此站起来了，开始了自己新的世纪！

  望着迎风飘扬的五星红旗，思绪起伏，像江河横溢。是兴奋，是欢乐，是幸福，是感激，一行行热泪，顺着面颊，滚滚落下。

....

"中华人民共和国,中央人民政府,今天成立了!"

随着这浑厚洪亮的声音,广场上响起了震耳欲聋的欢呼声和鼓掌声。千万颗被胜利冲击着的热烈的心,发出千万声欢呼:"中华人民共和国万岁!""中国共产党万岁!"

毛主席宣布了中华人民共和国中央人民政府的诞生。这开天辟地的第一声,是四亿七千万中国人民心底的共鸣。这一天的到来多么不易,却又显得这么突然迅速。我极力控制着自己的感情,睁大眼睛看着天安门城楼上毛主席高大的身躯,耸起耳朵听着毛主席洪亮的声音。这身躯多么熟悉,这声音多么亲切。毛主席,中国革命的舵手!是他打着革命的红旗,引导我们克服了重重艰难险阻,从胜利走向胜利。

盛大的阅兵式开始了!天空掠过展翅翱翔的银鹰,地下是轰隆前进的铁流。"八一"军旗在前面招展,后面紧跟着陆海空三军,一列列,一行行,迈着整齐的步伐,向着主席台前走去。望着这强大的人民武装,想起自己为了一把大刀又哭又闹的情景,不禁好笑。我怀着一颗怦怦跳动的心,昂首挺胸,迈步前进。

＊1956年7月,中央军委决定发起以"中国人民解放军30年"为题的征文。1961年5月,李水清撰写了《五星红旗在天安门前升起》。本文为节选。

我们爱韶山的红杜鹃

毛岸青、邵华

我们爱韶山的杜鹃像鲜血，千千万万烈士的鲜血洒满祖国的河山。我们这一家，也有六位亲人为革命壮烈牺牲，面对阶级敌人的屠刀，视死如归，大义凛然。我们的泽民叔叔，红军最困难时期的后勤部长，为人民的健康积劳成疾，为红军的温饱受尽饥寒。他在国民党的恫吓利诱、严刑拷打之下，像钢铁般坚强，雷电般威严，宁死不屈，血洒天山。我们的泽覃叔叔，谁说他青春短暂？二十九个春秋的确不算长，但是他的名字将永远传诵在人民中间！当红军主力长征之后，泽覃叔叔率领赣南独立师转战在武夷山，由于叛徒出卖，陷入重围。为了掩护同志们突围，我们的小叔叔光荣牺牲了——那是 1935 年杜鹃花盛开的春天。十一年后，他的儿子楚雄，一个满怀壮志的小八路，又被反动派杀害于陕南。我们亲爱的妈妈，用霞光般的生命投向黑暗！利用生命最后最宝贵的时刻，首先通知同志们转移，处理了党的文件，给自己留下的是监狱、酷刑。为了革命的胜利，她用年轻的生命和鲜血保卫父亲的安全，毅然抛下了三个孩儿，从容地走出浏阳门外。妈妈！我们永远忘不了那悲壮的时刻，我们经常含泪背诵着爸爸赞颂您的辉煌诗篇。我们的泽建姑姑，一个优秀的女指挥员，中国早期的女游击队长之一，在战斗中负伤被俘，仅仅二十四岁，就义时自若和响亮的口号声，使反动派丧魂落魄。我们的岸英哥哥，爸爸的好儿子，岸青相依为命的兄长，受尽旧社会的欺凌和磨难，为保卫新生的人民共和国，为援助兄弟邻邦朝鲜，鲜血洒在鸭绿江的彼岸。朝鲜的金达莱啊，就是中国的红杜鹃。

我们爱韶山的杜鹃遍地开放，缅怀光荣的往昔，展望前程，一片辉煌灿烂。我们看到了毛主席为我党树立的优良传统和作风在恢复，在发扬。我们坚信：毛主席提出的，周总理宣布的四个现代化一定会实现！我们伟大的社会主义祖国，一定会对人类做出较大的贡献。

*1976年9月9日，毛泽东去世。1977年4月，毛岸青、邵华回故乡韶山，先人已去，睹物思情，抒写了《我们爱韶山的红杜鹃》。本文为节选。

忆铁人

魏钢焰

铁人呵，你在想什么呢？工人们说得多好：砸碎了铁人的骨头，也找不出"我"字的渣渣来！哪个想革命的人，不为你的无私无畏所感动？不在你一向严于责己的精神前深省？你自己就是千万无名英雄的代表呵……

风，擦屋拍窗地飞过。草原上，又该是雪舞长空，风撼井架了。我仿佛看见：茫茫雪原上，横贯着一支前进的大军，铁人和他的战友们正挽手携臂、同生共死，面迎暴风雪走着，走着。

…………

在他肩上，不只是有国家缺油的压力；在他心中，更不只是装着阶级的友爱和同情；他那朴素的工衣里，怀着一颗包涵整个无产阶级和革命人民的红心！他身上的细胞、神经，强烈地反映着他们的甘苦、心愿、感觉、悲喜！所以，他才有如此敏锐的政治目光，坚韧不屈的脊骨，彻底清醒的头脑，扎实坚定的脚步。

---

*《忆铁人》发表于1977年6月5日《人民日报》，是魏钢焰回忆铁人王进喜生活片段的散文。

学习先进，才可能赶超先进

邓小平

现代科学技术正在经历着一场伟大的革命。近三十年来，现代科学技术不只是在个别的科学理论上、个别的生产技术上获得了发展，也不只是有了一般意义上的进步和改革，而是几乎各门科学技术领域都发生了深刻的变化，出现了新的飞跃，产生了并且正在继续产生一系列新兴科学技术。现代科学为生产技术的进步开辟道路，决定它的发展方向。许多新的生产工具、新的工艺，首先在科学实验室里被创造出来。一系列新兴的工业，如高分子合成工业、原子能工业、电子计算机工业、半导体工业、宇航工业、激光工业等，都是建立在新兴科学基础上的。当然，不论是现在或者今后，还会有许多理论研究，暂时人们还看不到它的应用前景。但是，大量的历史事实已经说明：理论研究一旦获得重大突破，迟早会给生产和技术带来极其巨大的进步。当代的自然科学正以空前的规模和速度，应用于生产，使社会物质生产的各个领域面貌一新。特别是由于电子计算机、控制论和自动化技术的发展，正在迅速提高生产自动化的程度。同样数量的劳动力，在同样的劳动时间里，可以生产出比过去多几十倍几百倍的产品。社会生产力有这样巨大的发展，劳动生产率有这样大幅度的提高，靠的是什么？最主要的是靠科学的力量、技术的力量。

……

认识落后，才能去改变落后。学习先进，才有可能赶超先进。提高我国的科学技术水平，当然必须依靠我们自己努力，必须发展我们自己的创造，必须坚持独立自主、自力更生的方针。但是，独立自主不是闭关自守，自力更生不是盲目排外。科学技术是人类共同创造的财富。任何一个民族、一个国家，都需要学习别的民族、别的国家的长处，学习人家的先进科学技术。我们不仅因为今天科学技术落后，需要努力向外国学习，即使我们的科学技术赶上了世界先进水平，也还要学习人家的长处。

* 本文节选自1978年3月18日邓小平在全国科学大会开幕式上的讲话。

长街灯语

秦 牧

走在北京的长街上,看看那一簇簇、一盏盏的明灯,想着历史,思索中国的今日和未来,不知道为什么,我竟联想到这些灯,多么像是某些人的心灵和眼睛呵!他们渴望自己的生命,像一盏灯似的,熊熊吐出光华。他们用灼热的眼光,注视着历史的长河,关注着行进的人流。每年,从全国各地,都有许许多多为人民事业鞠躬尽瘁,做出了贡献的人物,一飞机一飞机、一列车一列车地被送到北京来,参加各式各样全国性的大会。这里不提欺世盗名、弄虚作假的人,他们实际上并无半点光辉。这里提的是许多脚踏实地,真正做出贡献的人物,他们各个像一盏灯似的,向地面投上一束光辉,在力所能及的范围内,起着驱除黑暗的作用……

北京灯海,真是多姿多彩,斗巧竞妍。在长街上漫步,观赏它们,真是一种艺术享受。有时,像进入童话世界似的,也就不禁把一盏盏灯人格化,而且想入非非,要倾听它们究竟在诉说些什么了。

*《长街灯语》创作于1979年1月,是在粉碎"四人帮"以后所写。本文为节选。

脊梁颂

秦 牧

中国共产党艰苦奋斗了六十年，尽管走过不少曲折的道路，尽管曾经碰到各式各样凶恶的敌人，又受过各式各样侵入自己内部的两面派、蛀虫式人物的损害，但一个充满生机的新中国毕竟出现了，为人民献身的精神比起旧时代来是更加弥漫了。我国的著名科学家中，许许多多都是在新中国成立之际，在外国抛开优裕生活，冲破艰难险阻，甚至因此减重数十斤，争取回到国内来的。这种精神，近年来又有了新的发扬。自从粉碎"四人帮"以后，许多过去曾经受过"左"倾机会主义分子棍棒，身上伤痕累累的专家学者，获得了出国访问的机会。他们之中，从没有出现过一个逃兵；甚至过去千方百计想外逃的也坚决回来了。从这些人身上，从不少临终时把一生积蓄献给国家的人物身上，我们看到了国家的希望和榜样的力量。马克思的朋友、德国诗人海涅说过一句很重要的话："谁不属于自己的祖国，他就不属于人类。"这句话，也许某些角落的人们听到，会感到不怎样舒服吧。但我以为它的确是掷地有声的铿锵语言。同样的道理，谁真正属于祖国，谁才真正属于人类。伟大的爱国主义者才能够成为伟大的国际主义者。近代史上，中华民族的脊梁式的人物，已经为此做出了许多有力的答案。

在伟大的中国共产党建党六十周年之际，值得讴歌、值得颂扬的事情是很多的。但我首先想讴歌和颂扬的，是那些真正以自己的血汗，推进了人民的革命事业，生命是一阕英雄进行曲，而绝不是一笔烂账,因而也就俯仰无愧,光辉长存的人物;不管他们有名无名,在党内还是在党外,是统帅还是士兵,已经死去还是健在。这样的人物,是中华民族的脊梁式的人物,有了他们,中国的革命事业才能够一浪推着一浪,不断向前。我们的生活里才有了阳光,儿童们才有了笑脸。我们的道路也才能够越来越发宽广,节日里也才有了真正的欢乐。

* 《脊梁颂》创作于1981年6月28日,是秦牧为中国共产党成立六十周年而作。本文为节选。

我是中国人民的儿子

邓小平

毛泽东主席说过这样的话:"国际主义者的共产党员,是否可以同时又是一个爱国主义者呢?我们认为不但是可以的,而且是应该的。"我荣幸地以中华民族一员的资格,而成为世界的公民。我是中国人民的儿子,我深情地爱着我的祖国和人民。我们的民族曾经创造过灿烂的古代文明,也经历过各种深重的苦难和进行过付出巨大代价的、坚忍不拔的斗争。现在,我们正在认真地总结经验教训,在安定团结的基础上,集中力量建设高度发展的物质文明和社会主义的精神文明。中国人民将通过自己的创造性劳动根本改变自己国家的落后面貌,以崭新的面貌,自立于世界的先进行列,并且同各国人民一道,共同推进人类进步的正义事业。我深深地相信,中国的未来是属于中国人民的,世界的未来是属于世界人民的。

*1984年12月,英文版《邓小平文集》出版,作为"世界领袖丛书"发行。本文节选自邓小平为该书所作的序言。

寻找理想

巴 金

理想,是的,我又看见了理想。我指的不是化妆品,不是空谈,也不是挂在人们嘴上的口头禅。理想是那么鲜明,看得见,而且同我们血肉相连。它是海洋,我好比一小滴水;它是大山,我不过是一粒泥沙。不管我多么渺小,从它那里我可以吸取无穷无尽的力量。拜金主义的"洪流"不论如何泛滥,如何冲击,始终毁灭不了我的理想。问题在于我们一定要顶得住。我们要为自己的理想献身。

……………

五十几年来我走了很多的弯路,我写过不少错误的文章,我浪费了多少宝贵的光阴,我经常感受到"内部干枯"的折磨。但是理想从未在我的眼前隐去,它有时离我很远,有时仿佛近在身边;有时我以为自己抓住了它,有时又觉得两手空空。有时我竭尽全力,向它奔去;有时我停止追求,失去一切。但任何时候在我的前面或远或近,或明或暗,总有一道亮光。不管它是一团火、一盏灯,只要我一心向前,它会永远给我指路。我的工作时间剩下不多,我拿着笔已经不能挥动自如了。我常常谈老谈死,虽然只是一篇短短的"随想",字里行间也流露出我对人生无限的留恋。我不需要从生活里捞取什么,也不想用空话打扮自己,趁现在还能够勉强动笔,我再一次向读者,向你们掏出我的心:光辉的理想像明净的水一样洗去我心灵上的尘垢,我的心里又燃起了热爱生活、热爱光明的火。火不灭,我也不会感到"内部干枯"……

亲爱的同学们,我多么羡慕你们。青春是无限的美丽,青年是人类的希望，也是我们祖国和人民的希望。这样一个信念，贯串着我的全部作品。理想就在你们面前，未来属于你们。千万要珍惜你们宝贵的时间。只要你们把个人的命运同集体的命运连在一起，把人民和国家的位置放在个人之上，你们就永远不会"迷途"。理想不抛弃苦心追求的人，只要不停止追求，你们会沐浴在理想的光辉之中。不用害怕，不要看轻自己，你们绝不是孤独的！昂起头来，风再大，浪再高，只要你们站得稳，顶得住，就不会给黄金潮冲倒。

*1985年4月，巴金收到了一封来自某中心小学的信，信中向巴金求教理想问题。收到信后，巴金由于在病中，怕孩子们等得着急，立即回复了一封短信。之后，巴金用三个多星期的时间，写了一封三千字的长信。本文节选自长信。

热爱祖国是中国人民的历史传统

彭 真

热爱祖国是中国人民的历史传统。对民族存亡命运的历史责任感，对面对敌人奋战到底的坚强意志，为保卫祖国而不惜牺牲一切的英雄气概，是我们能在抗日战争中用劣势武器装备打败凶恶敌人的伟大精神力量。这是我们爱国主义的一个重要内容。与此相联系，我们爱国主义的另一个重要内容，是面向世界，学习外国的先进事物，谋求国家的革新和进步。这两个方面都是为了从根本上争取中华民族的解放和振兴。它们构成中国近代历史上爱国主义的基本特色。抗日战争的胜利，也是与当时中国人民在新民主主义道路上进行革新、取得进步分不开的。在新的历史条件下，我们更加需要丰富和发扬爱国主义传统，用当年打败侵略者的英勇战斗精神，克服前进道路上的一切困难；用面向世界、锐意革新的精神，努力学习世界一切先进的科学技术和思想文化成果，汲取各个国家的长处，以促进我国的改革和建设，实现社会主义现代化，为祖国争光辉，为民族争荣誉。

抗日战争年代，中国共产党领导的八路军、新四军和其他人民军队，是英勇善战、不怕牺牲、艰苦奋斗、同人民群众血肉相连的模范军队；抗日根据地是政治上民主进步，广大干部廉洁奉公、全心全意为人民服务的模范地区。当时许多采取公正态度的中外人士，在考察了我军的作战情况和根据地的建设情况之后，从这里看到了中国的光明和希望。这是中国共产党历史和中国革命历史上引以自豪的、永远不会磨灭的光辉的一页。我们老一代人要坚持和传播这种革命传统，年轻一代人要了解、继承和发扬这种革命传统，把我们的党风搞好，把我们的社会风气搞好，使先烈们用鲜血和生命保卫的伟大祖国不断兴旺发达，使先辈们艰辛缔造的革命事业如长江黄河，永远奔腾向前！

*1985年9月3日，纪念抗日战争和世界反法西斯战争胜利四十周年大会举行。本文节选自彭真在会上发表的讲话。

海棠花祭

邓颖超

你喜欢海棠花，我也喜欢海棠花。你在参加日内瓦会议的时候，我们家里的海棠花正在盛开，因为你不能看到那年盛开着的美好的花朵，我就特意地剪了一枝，把它压在书本里头，经过鸿雁带到日内瓦给你。我想你在那样繁忙的工作中间，看一眼海棠花，可能使你有些回味和得以休息，这样也是一种享受。

你不在了，可是每到海棠花开放的时候，常常有爱花的人来看花。在花下树前，大家一边赏花，一边缅怀你，想念你，仿佛你仍在我们中间。你离开了这个院落，离开它们，离开我们，你不会再来。你到哪里去了啊？我认为你一定随着春天温暖的风，又踏着严寒冬天的雪，你经过春风的吹送和踏雪的足迹，已经深入到祖国的高山、平原，也飘进了黄河、长江，经过黄河、长江的运移，你进入了无边无际的海洋。你，不仅是为我们的国家，为我们国家的人民服务，而且你为全人类的进步事业，为世界的和平，一直在那里跟人民并肩战斗。

*《海棠花祭》是邓颖超1988年4月为纪念周恩来写下的感人之作。本文为节选。

振兴中华民族

邓小平

中华人民共和国成立四十年来,已经打下了一个好的基础。党的十一届三中全会以后,我们集中力量搞四个现代化,着眼于振兴中华民族。没有四个现代化,中国在世界上就没有应有的地位。我

们搞的四个现代化，是社会主义的四个现代化。只有社会主义，才能有凝聚力，才能解决大家的困难，才能避免两极分化，逐步实现共同富裕。

…………

西方一些国家对中国的制裁是不管用的。中华人民共和国是打了二十二年仗才建立起来的，是在被封锁、制裁、孤立中成长起来的。经过四十年的发展，特别是经过最近十年的发展，我们的实力增强了，中国是垮不了的，而且还要更加发展起来。这是民族的要求，人民的要求，时代的要求。

我是一个中国人，懂得外国侵略中国的历史。当我听到西方七国首脑会议决定要制裁中国，马上就联想到1900年八国联军侵略中国的历史。七国中除加拿大外，其他六国再加上沙俄和奥地利就是当年组织联军的八个国家。要懂得些中国历史，这是中国发展的一个精神动力。

…………

中国人要振作起来。大陆已经有相当的基础。我们还有几千万爱国同胞在海外，他们希望中国兴旺发达，这在世界上是独一无二的。我们要利用机遇，把中国发展起来，少管别人的事，也不怕制裁。中国反对霸权主义，自己也永远不称霸。下个世纪中国是很有希望的。

*1990年4月7日，邓小平会见泰国正大集团董事长谢国民等人。本文节选自会见时邓小平的谈话。

回望延安

王巨才

说起延安，人们自然会想到那幅"自己动手，丰衣足食"的题词。那几个遒劲的大字，是一个时代的传神之笔，一个古老民族的精神图腾。

苍茫的陕北高原，沟壑纵横，地瘠民贫，由于国民党的经济封锁和自然灾荒，边区军民一度陷于几乎没有衣穿，没有油吃，没有纸，没有菜，战士没有鞋袜，工作人员冬天没有被盖的地步。毛泽东说：我们的困难真是大极了！解散呢，还是自己动手呢？这一严峻的问题提给全党。

艰难困苦，玉汝于成。巨大的困难没有吓倒"特殊材料制成的人"，一场轰轰烈烈的大生产运动和随之实行的精兵简政，使革命再次转危为安，在毛泽东同志的领导下"创造了中国历史上从未有过的奇迹"。

自力更生，艰苦奋斗，原本就是中华民族的优良品格，它的发扬光大，则是老一辈无产阶级革命家极力倡导，率先垂范，精心培育的结果。

---

*《回望延安》发表于2011年6月22日，是王巨才为中国共产党成立九十周年而作。本文为节选。

万里长江第一湾

刘上洋

就是在离长江第一湾下游不远的东边邻省贵州，有一座小城遵义，当年中国革命的洪流也在那里发生了一个历史性的大转弯。由于党内"左"倾机会主义的错误领导，导致第五次反"围剿"的失败，红军不得不被迫撤出中央革命根据地进行战略转移，开始艰苦卓绝的长征。就在红军遭受惨重损失面临生死存亡的危急关头，我们党及时在遵义召开中央政治局扩大会议，确立了毛泽东同志的领导地位，从而挽救了红军挽救了党。从此之后，红军犹如一支滚滚的铁流，四渡赤水，强渡乌江，飞夺大渡铁索，跨过雪山草地，攀越腊子天险，登上六盘高峰，曲折行程二万五千里，最终胜利地到达了陕北。铁的事实证明，如果没有遵义会议这一历史性的大转折，我们党不仅不可能取得长征的伟大胜利，而且更不可能取得抗日战争和解放战争的彻底胜利。正是遵义会议这一弯，弯出了中国革命的光明前景，弯出了一个光闪闪的新中国。

其实，只要我们放眼观看，不仅仅是历史长河的关键性拐弯会彻底改变社会发展的走向，会决定一个组织和一个国家的兴衰存亡，而且人生的长河也是这样，有时一个关键性的拐弯，会让一个人的前途和命运发生根本性的变化。刚刚还是山重水复，拐一个弯，忽然变得柳暗花明；刚刚还觉得前程迷茫，拐一个弯，忽然眼前呈现一片新的天地……从一定意义上来说，拐弯就是选择，就是机遇，就是在开始另一种人生方式，就是在发现另一种人生风景，就是在进入另一种人生境界，就是在创造另一种人生辉煌。

但是，在我们的现实生活中，有些人不喜欢拐弯，害怕拐弯，他们喜欢走直路，喜欢直达目标。然而实践告诉我们，世界上是没有直路可走的，一味直行既单调乏味也是走不了多远的。长江因为不断拐弯才显得美丽迷人，才能通向万里之遥的海洋；同样，人生也因为不断拐弯才显得丰富多彩，才能到达理想的彼岸。正所谓弯道悠长，直行难远。所以弯路才是自然界和人类社会的正道。弯是一种常态，一种品格，一种胆略，一种眼光，一种坚韧，一种力量，一种被扭曲的壮美，一种最低调的崇高。

*《万里长江第一湾》发表于2012年10月31日。本文为节选。

让农民过上好日子就是我的初心

朱有勇

作为一个农民院士,为农民做点事,让农民过上好日子,就是我的初心。我出生在云南省一个边远的小乡村,曾经在个旧市卡房公社狗街大队当知青。知青生活很艰苦,但却给我留下了一辈子的精神财富。当时的农业生产很落后,农民的生活很苦,农民起早贪黑、辛辛苦苦地干活,还是不够吃、不够穿。我经常想,要是通过自己的努力,能使庄稼长得更好一些,收成更多一些,农民的日子就会更好一些,这是我最初的理想,也是我几十年来,农民需要什么我就研究什么,不断创新农业科学技术的动力所在。

作为一名普通党员,响应党的号召,投身脱贫攻坚主战场,这是我的使命。1981年,就在大学毕业前,我光荣地加入了中国共产党。入党三十八年来,始终不忘自己的第一身份是共产党员,第一职责是为党和人民的农业科技事业努力拼搏。2015年,中国工程院定点扶贫澜沧县。这一年,我刚好六十岁。不是没想过颐养天年,但作为一名党员,党有号召我们就必须有行动,投身脱贫攻坚主战场,为全面建成小康社会目标而奋斗,我义不容辞。

…………

当前,脱贫攻坚已经到了决战决胜的冲刺阶段,我将继续牢记初心使命,坚守脱贫攻坚的主战场,持之以恒,继续用科技的力量,帮助澜沧的乡亲们脱贫致富,不获全胜决不收兵!同时,我呼吁广大科技工作者,不负党和人民的培养,不负这个伟大的时代!积极

投身脱贫攻坚的伟大事业，全力以赴，用科学技术，为打赢脱贫攻坚战积极贡献自己的力量！

*2019年12月30日，"时代楷模"朱有勇先进事迹报告会在北京人民大会堂举行。本文节选自朱有勇的报告发言。

一定要把女子高中办好

张桂梅

四十六年前，我从东北到云南支边，成为一名教师。在无数次家访中，看着一个个山区女孩因贫困失学，我心痛到无法呼吸。我体会到，一个受教育的女性，能阻断贫困的代际传递，改变三代人的命运。于是，我决心创办免费女子高中，点亮贫困地区孩子们的梦想。在党的关怀和社会各界支持下，华坪儿童之家、女子高中先后建立，近两千个女孩考入大学，一百七十二个孤儿有了温暖的家。这里特别想说，办学初期，条件艰苦，之所以能够坚持下来，就在于党的精神感召，学校党员向着党旗保证"一定要把女子高中办好"，百折不挠，顽强拼搏。我们始终牢记习近平总书记"教育是国之大计、党之大计"的谆谆教导，坚持为党育人、为国育才，以党建统领教学、以革命传统立校、以红色文化育人，引导学生们感党恩、听党话、跟党走，做党的好女儿。许多学生和我说，上大学后，第一件事就是申请入党，要成为一名光荣的共产党员，沿着革命先烈的足迹，哪里需要就到哪里去。我们在学生心中深埋一颗颗红色的种子，帮她们系好人生第一粒扣子，引着她们做共产主义事业的接班人。学生们远方有灯、脚下有路、眼前有光，在山沟沟里也能看到外面精彩的世界，看到美好的未来。

有人问我，为什么做这些？其中有我对这片土地的感恩和感情，更多的，则是一名共产党员的初心和使命。小说《红岩》和歌剧《江姐》是我心中的经典，我最爱唱的是《红梅赞》。受革命先烈影响，受党教育多年，我把党的声誉看得很重，把共产党员这个称号看得很重。

我们所做的一切，不过是许多共产党员每天正在做的事情，而党和人民却给了我们如此崇高的荣誉。戴着这枚沉甸甸的勋章，我受到莫大的鼓舞。习近平总书记说，"征途漫漫，惟有奋斗"。只要还有一口气，我就要站在讲台上，倾尽全力、奉献所有，九死亦无悔！

* "七一勋章"颁授仪式于2021年6月29日在人民大会堂隆重举行。本文节选自"七一勋章"获得者张桂梅的发言。

请党放心，强国有我

佚 名

今天，我们站在天安门广场，紧贴着祖国的心房。
今天，我们歌颂人民英雄的荣光，
见证如他们所愿的梦想。
今天，我们向党致以青春的礼赞：
走过百年，风华正茂的中国共产党！
今天，我们对党许下青春的誓言：
新的百年，
听党话、感党恩、跟党走，
同心向党，奔赴远方！
妈妈对我说，在每个人心中，
中国共产党都是光荣的模样。
党是冉冉升起的旭日，驱散黑暗，
带来光明，将可爱的中国照亮。
党是高高飘扬的旗帜，昭示信念，
指明方向，为可爱的中国领航。
老师告诉我，一百年前，
古老的中华大地诞生了中国共产党，
播撒信仰的火种，点亮真理的强光。
这束光，激发了井冈山上的革命理想，
星星之火，可以燎原。
这束光，照亮了长征路上的正确方向，

雄关漫道，万水千山。
这束光，辉耀了宝塔山上的民族希望，
保卫华北，保卫黄河。
这束光，映照了百万雄师横渡长江，
天翻地覆，正道沧桑。
……

梦在前方，路在脚下，
我们都是追梦人！
为实现第二个百年奋斗目标，
为实现中华民族伟大复兴的中国梦准备着，
为共产主义事业而奋斗！
时刻准备着！
不忘初心，青春朝气永在；
志在千秋，百年仍是少年。
奋斗正青春！青春献给党！
请党放心，强国有我！

*2021年7月1日，庆祝中国共产党成立一百周年大会在北京天安门广场隆重举行。在大会上，少先队员和共青团员代表集体诵读了《请党放心，强国有我》。本文为节选。

图书在版编目（CIP）数据

红色诵读100篇 / 房伟，颜建真主编 . —— 济南：济南出版社，2024.3
（红色基因传承系列丛书）
ISBN 978-7-5488-5832-4

Ⅰ.①红… Ⅱ.①房…②颜… Ⅲ.①中国文学–作品综合集 Ⅳ.① I211

中国国家版本馆 CIP 数据核字 (2023) 第 159670 号

红色基因传承系列丛书：红色诵读 100 篇
房　伟　颜建真　主编

出　版　人　谢金岭
出版统筹　胡长粤
责任编辑　刘秋娜
内文插画　董建伟
封面设计　胡大伟
　　　　　陈致宇

出版发行　济南出版社
地　　址　山东省济南市二环南路1号（250002）
总　编　室　0531-86131715
印　　刷　山东联志智能印刷有限公司
版　　次　2024 年 3 月第 1 版
印　　次　2024 年 3 月第 1 次印刷
开　　本　170 mm×240 mm 16 开
印　　张　10.75
字　　数　120 千字
书　　号　ISBN 978-7-5488-5832-4
定　　价　39.00 元

如有印装质量问题 请与出版社出版部联系调换
电话：0531-86131736

版权所有　盗版必究